集英社オレンジ文庫

アオハルの空と、ひとりぼっちの私たち

櫻いいよ

本書は書き下ろしです。

目次

The AOHARU sky
is above us, and yet we are lonely.

イラスト／飴村

アオハルの空と、
ひとりぼっちの私たち
The AOHARU sky
is above us, and yet we are lonely.

今まで目に見えていた星だけが、この世にある星の全てだと思っていたのかもしれない。

校舎の屋上で夜空を見上げ、驚きの声が漏《も》れた。

見えないものや触れられないものは、存在していないのと同じだった。

けれど。

「ねえ」

隣にいる彼に声をかける。

「この関係に、絆《きずな》はあるのかな」

目に映る小さな世界で、目に見えない絆を探した。

ひとりぼっちの、わたしたち。

1　ひとりぼっちたちの教室

中途半端な田舎《いなか》の暮らしには、すぐに慣れた。

視界に入ってくるのは海と山と田んぼばかりであることも、自転車でなくてはコンビニに行けないことも、そのコンビニが二十四時間営業でないことも。

ここは、生きていくのにそれほど不便ではないけれど、便利にはほど遠い。

そんな母のうまれ故郷に引っ越してきたのは、二ヶ月前のことだ。

新しい高校は一学年一クラスのみ。全員が幼少期からのつき合いだ。その中に入るのは、今まで二回の転入経験があるわたしもさすがに緊張した。そんな心配をよそに、クラスメイトは快《こころよ》くわたしを迎え入れてくれ、気の合う友人もでき、楽しい日々を過ごしている。

――けれど、中途半端な田舎というのはやっぱり面倒なのかもしれない。

静かすぎる教室で、死んだ魚の目をしながら思った。

「じゃあ、プリント配るから、三日間自習してみんなに差をつけてやれー」

担任が、なにやら気合いを入れてプリントを配る。数えるのも億劫《おっくう》になるほどの分厚さに目眩《めまい》がする。なんだこれは。

「先生は職員室にいるから。なにかあったら呼んでくれ」

そう言って、じゃあ頑張れよ、と担任はぴしゃりとドアを閉めて出ていった。

残されたのは、わたしを含めた、たった五人の生徒。


一年一組は全員で三十六人。

そして、本日の出席人数は——五人。


重い、空気が重すぎる。プリントを見つめながら、重いため息をつく。

昨日、わたしたちの学校は体育祭だった。本来なら、「なんで今日が休みじゃないのか」「だいたい火曜日に体育祭っておかしくない？」「最悪だよね」というような愚痴《ぐち》を教室でみんなと交わしていたはず。

だというのに、なんでこんなことになったのか。

すべては、昨日の体育祭打ち上げのせい。

昨晩、友人の華《はな》から詳細の電話があった。それによると、ファミレスでの打ち上げを終えたあと、クラスで一番お調子者の神木《かみき》くんが河原で花火をしようと言い出したらしい。そこに彼と彼の友人が家から花火とお酒を持ってきて、みんなで飲んでいたところを見回りの警官に見つかったとか。

その結果、打ち上げに参加した全員は、三日間の停学処分を受けた。

いくら学年対抗で優勝したからって羽目を外しすぎだ！

無事だったのは打ち上げ不参加の、わたしを含めた五人だけ。

話を聞いたときは学級閉鎖になるだろうと思ったのに、そんな連絡はなく、学校に来てみればこの仕打ち。

なんでわたしたちが、大量のプリントに苦しめられなければならないのか。

いや、そんなことはまだいい。

教室にいるメンツ、これが問題なのだ。

「ああ、もうだりー」

授業がはじまってまだ十分もたっていないのに、わたしの二列前の窓際の席に座っていた大北《おおきた》くんがそう言って立ち上がった。

真っ黒のちょっと長めの髪の毛に、やや吊り上がった目。少々怖そうな顔をしているけれど、整った顔立ちをした長身の男子だ。モテそうだな、というのが第一印象だった。

けれど、彼は女子からの評価が最悪だった。
——『大北望《のぞむ》には、近づかないほうがいい』
この学校に転入してきた初日に、華たち女子から言われた台詞《せりふ》が蘇《よみがえ》る。
——『誰とでもつき合う最低な男だから』
——『二股《ふたまた》は当たり前だし、知り合いの彼女にまで手を出すの』
——『よく他校生ともケンカしてるし』
それはまごうことなき最低な男だ。
この町では有名な話らしいが、先輩や後輩、他校生には人気があるらしい。けれど、このクラスでは彼に惚《ほ》れるどころかしゃべるだけで仲間外れにされそうなほどの嫌悪を、女子たちから感じた。男子も大北くんのことは避けていて、彼はいつもひとりでいる。
今までの転入経験から、新しい環境でうまくやるにはまわりに合わせるのが一番だ。なので、わたしはまだ彼と一言も口を利《き》いたことがない。
大北くんはくあっと大きな欠伸《あくび》をして教室を出ていこうとする。と、
「望、まだ十分そこらじゃん」
彼の斜め前に座っていた委員長が声をかけた。
「ちょっと疲れたから外の空気吸いに行くだけだよ」

「そんなこと言って、先生がいないのをいいことに昼まで戻ってこないくせに」

親しげに話しかける委員長に、大北くんが面倒くさそうに顔をしかめた。

さすが委員長。思わず苦笑がこぼれそうになる。

彼、落合《おちあい》くんはクラスの委員長――ではない。にもかかわらず、みんなに〝委員長〟と呼ばれているのは、このフレンドリーな、言い換えれば馴《な》れ馴《な》れしくお節介《せっかい》な性格のせいだ。大北くんに話しかけるのも、委員長だけ。おまけに〝望〟と呼び捨てで。

大北くんだけではなく、クラスの大半が熱血委員長の落合くんのことを若干《じゃっかん》うっとうしく思っている。

ぼんやりと委員長と大北くんのやり取りを見ていると、ポケットの中のスマホが震える。取り出して確認すると、華からの『奈苗《ななえ》ー！　どう？　休みになった？』というメッセージが表示された。『最悪のメンツだし、帰れないし、大量のプリントやらされてる』と返すと、数秒で猫がゲラゲラと笑っているスタンプが届く。

人ごとだと思って。ああ、わたしも停学になりたかった。

「あー、もういいだろ。あ、若尾《わかお》、できたら見せてよ。俺、屋上いるから」

「え……？」

委員長をあしらい教室を出ていこうとする大北くんが、ドアの近くの席で黙々とプリントと向き合っている若尾くんに声をかけた。若尾くんはおどおどしながら顔をあげる。

「じゃ、よろしく」

「おい！　望ー。オレらが怒られるっつーの」

「お前、人のかわりに怒られるの得意だろ。いや、違うか。趣味か」

たしかに。

ぶふっと笑いそうになって口元を手で隠す。それに気づいたのか大北くんはわたしのほうを見た。そして、かすかに口角を引き上げた、ような気がした。

体がわずかに震える。そのくらい、彼の笑みにはただならぬ色気があった。

不意打ちの笑顔。威力がありすぎて怖い！

「ったく、望は自由だよなあ。若尾も渡さなくていいから」

「え？　で、でも……」

委員長のぼやきに、若尾くんはまたもやおどおど返事しながら俯《うつむ》く。

小柄な体に天然パーマのかかった髪の毛の若尾くんは、女の子のようなかわいらしい顔立ちをしている。制服はぴしっと学生手帳のお手本のイラスト並に整えられていて、それは彼の真面目《まじめ》な性格をよく表している。

彼はいわゆる〝いじめられっ子〟だ。いじめっ子は神木くんと、いつも一緒にいる男子ふたり。理由はおろおろもじもじしているのがむかつくからだとかなんとか言っていた。

クラスの誰もがそれを静観していて、あいだに入るのは委員長だけだ。

そして、今日出席しているあとひとりは――と、机を挟んで隣にいる女子を見た。

「……なに？」

わたしの視線に気がついたのか、平岡怜《ひらおかれい》ちゃんが顔をあげて首をかしげる。

つややかな黒髪のショートヘアの怜ちゃんは、このクラスで一番の美女だ。小さな顔に、大きな瞳と長いまつげ、ふっくらとした厚みのある唇。すべてのパーツが整っている。

「や、ごめん、問題に詰まっちゃって」

えへへ、とバカっぽく笑うと、余計に怜ちゃんとの差を自分で感じた。

わたしの内巻きボブも凹凸《おうとつ》のない顔も、彼女と比べると子どもっぽくて、いやになる。

「どこ？　教えようか？」

「あ、いや、いいよ大丈夫！　あ、答えだけでもわかったら……」

にっこりと微笑《ほほえ》まれて、あたふたしてしまう。

そんなわたしに、怜ちゃんは「え？」と眉根《まゆね》を寄せた。

「自分で解かなくちゃ、意味ないんじゃない？」

ド正論がグサリと胸に突き刺さる。「だ、だよねえ。もうちょっと……自分でやってみるね」と言うと、怜ちゃんは「頑張ってね」と安心したかのように目を細めた。

怜ちゃんはいい子だ。きれいだし、やさしいし、頭だっていい。

だけど、彼女と話が続けられない。

わたしはおしゃべり好きで、怜ちゃんは寡黙《かもく》なタイプ。だから、相性が悪いのだろう。

怜ちゃんは、華たちとはべつのややおとなしめなグループの女子とよく一緒にいる。けれど、授業が終わると誰かと遊びに行くことなく、さっさとひとり帰ってしまう。

誰かとべったり一緒にいるのをあまり好まないのかな。

転入して二ヶ月のわたしには、まだよくわからないことが多い。

クラスメイトは初日からわたしを受け入れてくれたし、友人もできた。けれど、まだまだよそ者だ。転入生とはそういうものだ。

けれど、もう転校する予定はない。三年間一緒にいれば親しくなるだろう。


……だからこそ、この現状は、今のわたしには荷が重すぎる。

みんなに避けられている一匹狼の大北くん。

みんなにウザがられている委員長、落合くん。

いじめられっ子の若尾くん。

そしてどことなく孤立感がある、怜ちゃん。

三日間、このメンツで過ごさなければいけないとは。考えると気が重い。

理解できない文字列も、より一層わたしを沈ませる。

帰りたい……。

今ごろ、華は漫画を読みながら部屋でごろごろ過ごしているのだろうか。羨《うらや》ましすぎる。

って、沈んでいる場合ではない。

このままだと本当に三日間憂鬱《ゆううつ》な気持ちで過ごさなければいけなくなる。そんなのはまっぴらだ。いやだと思うからいやになるのだ。

これはチャンスだ。そう考えればいい。

とりあえず、怜ちゃんと親密度をあげていこう。

これまでの転入だって、はじめは不安でいっぱいだったじゃないか。けれど、前向きに考えて明るく振る舞い、今までも、そして今も、友だちができたのだ。

よし、と心の中で気合いを入れた。

授業中は集中している怜ちゃんに話しかけられず、休み時間は妙に緊張してしまいろくに話せないまま四時間目までを過ごしてしまった。

お昼休みに入った今がチャンス！　とお弁当を手にして怜ちゃんに声をかける。

「あの、怜ちゃん、お昼一緒に食べない？」

「ごめん、私、お昼は図書委員の仕事があるの」

間髪《かんぱつ》を容《い》れずに断られてしまった。

「そ、そっか。じゃあ、仕方ないよね」

なんか、すごく恥ずかしい。おずおずとお弁当を手にして自分の席に戻ろうとすると、

「奈苗ちゃんっていつも誰かと食べているよね」

と怜ちゃんが言った。

「え？　うん」

「席移動するの面倒じゃない？　ひとりで食べたら？」

「……は？」

思わず眉間《みけん》に皺《しわ》が寄る。

そんなわたしに気づいていないのか、怜ちゃんは「気を遣わないでいいよ。ありがと」

と言って教室を出ていく。

その背中をぽかんと見つめることしかできなかった。

面倒じゃないって、ひとりで食べたらって、え、なにそれ。

わたしの受け取りかたがあっているのかはわからない。けれど、あの言いかただとどう考えても〝あなたはひとりでご飯も食べられないんだね〟〝そんな面倒なことまでして人と食べたいんだね〟って言われているみたいなんですけど。

たとえそんなつもりじゃないとしても、あんな言いかたってある？

べつに！　ひとりでも食べられるし！

胸の中がモヤモヤイライラしてくる。

だめだ、このままではよくない。

どこか、気分のすっきりしそうな場所に移動しよう。

そう思って教室を出ようとすると、プリントをほったらかしたままの大北くんの机が目に留まる。結局、大北くんはあれから教室に戻ってこなかった。

若尾くんは休み時間だというのに、今もせっせと問題を解いている。大北くんに頼まれたからいそいでいるのかもしれない。

そういえば、大北くんが若尾くんをパシるのははじめて見た。ま、どうでもいいけど。

やさぐれた気持ちで廊下《ろうか》に出て、窓から青の晴れ渡る空に視線を向ける。

こんなにいい天気なら、外で食べようかな、と窓の下を見ると、ちょうど真下にある中庭のベンチは上級生が陣取っていた。ならば。

「屋上、かな」

この学校は珍しく屋上が開放されている。けれど、わたしは一度も行ったことがない。よし、今日は初の屋上ランチにしよう。

そう思うとちょっと気分があがった。我ながら単純だ。

うきうきと四階の先にある階段をのぼり、屋上へと続く鉄製の扉に手を伸ばし押し開ける。と、キイッと鉄がこすれる音が響いた。

太陽の光が降り注ぐ屋上には、予想どおり、誰もいない。

胸元くらいまでの手すりと頭上に広がる真っ青な空。両手を広げて深呼吸をすると、初夏の生ぬるい、湿気を孕《はら》んだ風がぬるっと通りすぎる。

なんて開放感。教室を出てきてよかった。

軽い足取りで手すりに近づき腰をおろす。お弁当を広げて、箸《はし》を持つ前にスマホを手にした。

「すっごいなあ」

SNSには、キラキラした写真が並んでいる。

中学までの友人たちのSNSは、すでに遠い世界に感じられた。

二ヶ月前まで毎日一緒にいた友人の隣には、わたしの知らない女子が何人もいる。こんなの好きだったっけ、と首をかしげたくなるようなアクセサリーを身につけていたり、甘いものが苦手だったはずなのに、見るだけで胸焼けしそうなほど生クリームたっぷりのクレープを手にしていたり。

わたしの景色ばかりを投稿しているアカウントとは大違いだ。最近ではあまりにかわり映えがないのでめったに更新しなくなっている。

友だちの投稿にハートマークをタップして、画面を閉じる。

「……たった二ヶ月しかたってないのになあ」

引っ越したばかりの頃は、お互いにコメントを残したりダイレクトメッセージでもやり取りしたりしていたけれど、今はこんなに淡泊《たんぱく》になってしまった。

まあ、わかっていたことだけれど。

同じようなことを、小学四年と中学一年のときにも経験した。どれだけ仲良くしていても、引っ越したあと、せいぜい三ヶ月で連絡は途切れてしまう。

きっと、今こうしてSNSでつながっている友人とも、そのうち――。

「陰気な顔してんだな、転入生」

「へ？」

どこかから声が聞こえてきて顔をあげると、ドアのある塔屋《とうや》の上に、ひらひらと手を振っている大北くんの姿があった。

なんでこんなところに大北くんが？

「スマホ見てつまんなそうにするなら見なきゃいいのに」

ひょいっと地面に降り立った大北くんは、バカにしたように片頬《かたほお》を引き上げながら、わたしに近づいてくる。

「どうせ仲良しごっこでもしてるんだろ」

大北くんは目を細める。けれど、それはけっして感じのいいものではなかった。

なんでそんなことを言われなくちゃいけないの。

なにも知らないくせに。

なんなの。すっごい感じが悪い。

つり目のせいでやや怖い印象もあるけれど、それ以上にむかつく。

「大北くんには関係ないでしょ」

「図星なんだろ。文句があるなら言えよ」

こうやって大北くんと面と向かって話をするのははじめてだ。なので、彼が本当はどういう人なのか、わたしはまったく知らない。

けれど、今この瞬間、彼が〝いやなやつ〟ということは充分に理解できた。

顔がいいだけでモテてる性格の悪いやつだ。

「人を傷つけることに抵抗がない人だったら、思ったこと全部口にできるんでしょうね」

ふんっと鼻を鳴らして、お弁当を口に運ぶ。

さっさとどっか行ってほしい。っていうかなんで話しかけてくんのよ。いつもは誰とも話をしようとしないくせに。わたしとも今まで一度も話したことがないくせに。

むかむかと怒りをあらわにしてそっぽを向いていると、「ぶは！」と大北くんが笑った。

え？　なんで笑われんの。わたしのことバカにしすぎじゃない？

むっとして振り返ると、彼は楽しそうな笑みを浮かべていた。

「あんたけっこう負けず嫌いだろ。教室では猫かぶってんのか」

……だったらなんだ。

新しい環境に馴染《なじ》むために、少し自分を隠しているだけだ。

「なんなの、嫌みを言うためにわたしに話しかけてきたの？」

「暇だから話し相手になってもらおうかと思って」

そんな理由でいやな絡みかたをしないでほしい。

「あいにくだけど、わたしは暇じゃないの。よそに行ってくれない？」

「俺のほうが先にいたし、ひとりでこんなところで弁当食ってるやつが暇じゃないわけないだろ」

反論ができず、言葉に詰まる。

大北くんは満足そうな顔でわたしの隣に腰をおろした。

なんなのこの人、意味わかんないんだけど。

怪訝《けげん》な顔をして大北くんを見ていると、彼は手にしていたコンビニ袋の中身を地面に広げる。総菜《そうざい》パンがひとつ、そしておにぎりがふたつ。最後に紙パックの紅茶。

炭水化物だらけだ。しかも多い。お弁当はないのだろうか。

「じろじろ見てんなよ、気持ち悪ぃな」

「口悪すぎない？　だから友だちいないんじゃない？」

「ひでえな、あんた」

ぶはは、と笑われた。

それは、さっきまでの嫌みったらしい感じではない、屈託のないものだった。

なんだか、調子がくるうなあ。

むかつくことにはかわりないんだけど、思ったよりも話しやすい、かもしれない。

わたしも負けじと嫌みを返しているのに、怒る様子がない。ただ、口と目つきの悪いクラスメイトって感じだ。

「……大北くんとご飯を食べるなんて、変な感じ」

「いつも女子は群れてるからな」

思わず本音をこぼすと、大北くんはバカにしたように言った。

「かっこつけた一匹狼にはそう見えるのかもね」

怜ちゃんといい、大北くんといい、どうして友だちとご飯を食べているだけでそんなふうに受け取るのか。

「どーせ女子は俺の悪口でも言ってるんだろ？」

口を大きくあけて、大北くんはパンを頬張る。

「いつも大北くんの話をするほど暇じゃないし。自意識過剰《かじょう》なんじゃないの？」

「転入生、口悪いな」

あんたに言われたくない！

「っていうか転入生って呼ぶのやめてよ」

「名前、知らねぇもん」

こうも悪気なく〝知らない〟と言われると脱力してしまう。教えたところで覚える気はないだろうな、と思いつつ「青谷奈苗《あおたに》」と名前を伝えた。

「ななえ？　かわいーじゃん。ななちゃん？　なえちゃん？　なにがいい？」

「は？」

なにそれ。っていうか、かわいいってなに。いや、名前がっていうのはわかってるけれど、さらっと口にされると戸惑う。

「ななちゃん」

大北くんはぽかんとしているわたしに人差し指を向けて言った。

もしかして、さっきからわたしの呼びかたを考えていたのだろうか。

なるほど、こういうところが女子にモテる理由か！

怖そうな見た目とのギャップもくわわって、魅力が倍増ってことか。

タチが悪すぎる！

そしてチャラい！　こりゃ二股三股《ふたまたさんまた》もやりそうだし、知り合いの彼女も奪いそう！

「いや、青谷でいい。青谷でお願いします。ちゃん付けとか無理」

そんなのクラスの女子に知られたら仲間外れにされてしまう。

「俺、女子のこと呼び捨てにするのあんまり好きじゃねえんだよな。あ、もしかして俺のことも望って呼びたい？」

「知らないよそんなこと。そしてわたしは呼びたくない。誤解されると困る」

「だろうな。俺、みんなに嫌われてるからな」

素っ気なく答えると、大北くんは、ははは、と息を吐き出すような声で笑う。

その横顔がどことなくさびしそうに見えて、ひどいことをしたような気分になる。

「あの」

言いかたがキツかったかな、と謝ろうとした瞬間——ドアが勢いよくあけられた。

「大北てめえ！　どういうつもりだよ！」

驚く暇もなく、屋上に乗り込んできた男子生徒三人。そのうちのひとりが叫んだ。

学年で色分けされている上靴《うわぐつ》は緑色、ということは三年だ。おそらく、華たちが以前言っていた〝三年の怖い先輩たち〟だろう。オールバックにされた髪型に、着崩しまくった制服。そのせいでズボンの裾《すそ》は引きずられてボロボロになっていた。

ダサい。いかにも田舎《いなか》のヤンキーって感じだ。けれど、怖い。

大声にびくびくしていると、

「……なにが？」

と、大北くんは紙パックの紅茶にさされたストローをくわえながら言った。まったく動じていない、余裕の態度にひやひやする。

「新しい彼女と仲良くお昼かよ。人の彼女奪っておいて、余裕だなお前」

一番体の大きな先輩が、怒りで体を震わせながら睨《にら》んできた。

新しい彼女ってわたしのことか。いや、違いますけど。今日はじめてしゃべったくらいの関係ですけど。脳内で必死に叫ぶけれど、当然先輩たちには聞こえない。

これ、やばい状況なのでは。

すがるように大北くんに視線を向けると、

「あー、千恵《ちえ》ちゃんのことか」

とケラケラ笑いだした。

千恵ちゃんが誰だか知らないが、その子が原因なのは間違いなさそうだ。その証拠に先輩の顔が猿のようにみるみる真っ赤になった。羞恥《しゅうち》ではなく、怒りで。火に油を注ぐ瞬間ってきっとこういうことを言うのだろう。

「っていうか、俺はべつに奪ってねえし。あっちが勝手に俺に惚《ほ》れただけで、それをセンパイが勘違いして身を引くとか言って別れただけじゃねえか」

大北くんは立ち上がって、先輩に近づいていく。

「センパイのそういう単細胞で暑苦しいところが、一緒にいるとしんどいんだってよ」

「――っうるせえ！」

まるでわざと怒らせようとしているかのようだ。そして、先輩はまんまと頭に血がのぼった様子で拳を振り上げる。

ひ、と声がこぼれる。

あわわとお弁当箱をそのままに、四《よ》つん這《ば》いで大北くんたちから離れる。

こんなところにいたら、巻き添えを食らってしまう！

そのあいだも、ずっと不穏な音がわたしの耳に届いた。テレビで見るプロレスやボクシングの試合で聞こえてくる音とは違う。拳《こぶし》が肌を殴《なぐ》る音は、もっと鈍くてわたしまで痛く感じるほど体に響く。そして、恐怖に襲われる。

入り口が先輩たちに塞《ふさ》がれているので、塔屋の陰に身を潜めた。

なんなのもう！　もう！

耳と目をつむって時間がすぎるのを待つ。

もういやだ。今までのわたしの生活に、殴り合いのケンカなんてものは縁がなかったというのに。ここが学校であるなんて、信じられない。

やっぱり大北くんは関わらないほうがいい人だ。

ああ、もう！　どうでもいいからはやく終わって！

「——おい」

「ひぁあ！」

耳を塞いでいた両手をぐいっと引っ張られると同時に呼びかけられた。

大げさに体を震わせて反射的に顔をあげる。

「寝てんのか。終わったぞ」

大北くんがわたしを見下ろして口の端を引き上げる。その顔にはいくつかの傷があった。目元がちょっと腫《は》れているし、口元にも血が滲《にじ》んでいる。

いったいどうなったのかと恐る恐る先輩たちのいたほうを見ると、そこにはもう誰もいなかった。かわりに、地面にいくつかの血痕が残されている。

「あーだりいな。あの女のせいで」

大北くんは、舌打ちまじりに呟《つぶや》いて髪の毛をかきあげた。整った顔があらわになる。

彼の言う〝あの女〟とは、さっき話に出た〝千恵ちゃん〟とやらのことだろう。

「だから軽い女は嫌いなんだよ」

ぶちぶちと文句を言いながら、大北くんはため息をつく。

なにがあったのかはっきりとはわからない。けれど、先輩と大北くんの会話から推測するに、千恵ちゃんは先輩とつき合っていて、そこに大北くんがなにか余計なことをしたのだろう。千恵ちゃんが大北くんに惚れただけ、なのだとしても。

やっぱり噂《うわさ》どおりの男だったってことだ。

「最低……」

なんでそんなことにわたしが巻き込まれないといけないのか。休み時間が台無しだ。改めてお弁当を食べる気にもなれない。

のろのろと立ち上がり、放置していた自分の荷物を取りにいく。

「なにも事情を知らないやつに最低呼ばわりされる覚えはないんだけど」

「大北くんと先輩のやり取りだけで判断するには充分でしょ」

さっきまでの恐怖が、どんどん大北くんに対しての怒りと嫌悪感にかわっていく。

「おい、ななちゃん」

「名前にちゃん付けで呼ばないでってば。関係があると思われると面倒じゃない」

「仲間依存の高いやつは、嫌われ者の仲間とは関係を持ちたくねえのか。ご立派だな」

なんなの仲間依存って。なんでそんなバカにしたように言われないといけないの。

「あんたのことが嫌いだから、馴《な》れ馴《な》れしく呼ばれたくないだけだし」

「今まで一度も話しかけてこなかったくせに」

「それは大北くんだって同じでしょ」

「なになに？　ケンカ？」

言い合いをはじめたわたしたちのあいだに、突然委員長が現れる。

にこにこと目を細めながらわたしと大北くんを交互に見る委員長は、なぜかうれしそうに見えた。いつの間に屋上にやってきたのか。まったく気づかなかった。

「仲良くしようぜ、クラスメイトだろー」

「ほんっとお前はすぐ首を突っ込むよな。どうせあいつらが俺を捜しているのを聞いて心配して来たんだろ。弱いクセに」

「友だちを心配するくらい、いいだろ」

委員長の返事に、大北くんは呆《あき》れた顔をする。

友だちだと思っているのは委員長だけなのだろう。

ふたりの会話をふくれっ面《つら》で聞いていると、「なにその不細工《ぶさいく》な顔」と大北くんがわたしを見て意地悪そうに笑う。

「ほら、望はそもそも誤解されやすいんだから、そういう言いかたするなよ。青谷も、望は口が悪いだけで根はいいやつだからさ、仲良くしてやってくれよ」

知らないよ、そんなこと。

「一学年一クラスしかないんだからさ、みんな仲良くしようぜ」

委員長がそう思うのは勝手だけれど、それを押しつけられるのは迷惑だ。

「仲間じゃん」

なら、どうして委員長は今日、学校にいるの。

そう言いかけて、呑《の》み込んだ。

今日学校に来ている五人はみんな、昨日の打ち上げに参加しなかった。

わたしは誘いを断った。怜ちゃんはもともと体調不良で学校を休んでいた。若尾くんはいじめられていたのでのけものにされたのだろう。大北くんはそもそもみんなと話をしない。

じゃあ、委員長は？

彼のことだから誘われたら喜んで参加したはず。つまり、誘われなかったってことだ。

なのに、みんなのことを仲間だと思っているの？　なんておめでたいんだ。

自分の考えがひどく加虐《かぎゃく》的なことに気づいて、俯《うつむ》いた。イライラしているからって、こんなふうに考えるのはだめだ。

「ななちゃんはお友だちのいる教室にでもさっさと帰れば？」

地面を見つめながら黙っていると、大北くんが言った。ゆっくりと視線を持ち上げる。

「あ、でも、今日はいないんだっけ？　ひとりさびしくご飯食べてたくらいだしな」

なんでこの人はこんなに嫌みなことばっかり言うんだ。

「うるさいな！　関係ないでしょ！」

大北くんを睨《にら》みつけて叫び、ドアをたたきつけるように閉めて屋上を出た。

なんなんだ、あいつは。

口を開けば人をバカにしてばかり。なんって性格が悪いんだろう。

あんなやつと二度と関わるものか！


残された二時間、わたしは誰とも話すことなく過ごした。

怜ちゃんはお昼前の会話なんてまったく気にしていないのか、午前中と同じように黙々とプリントに向き合っていた。委員長は相変わらずみんなに馴れ馴れしく話しかける。若尾くんは必死に手を動かし続け、大北くんは一度も教室に戻ってこなかった。


「今日どうだった？　みんないなかったんでしょ？」

夜の十時、ダイニングテーブルの向かいに座る母が晩ご飯を食べながら、わたしに訊く。

「なんで知ってるの」

「職場でも噂になってるわよ。ここじゃそのくらいの情報、すぐに広まるんだから」

さすが田舎《いなか》だ。

まだ母に伝えていなかったので、明日は体調不良のふりをして休もうと思ったのに。知られているなら、母を騙《だま》すのは難しいだろう。

はあーっとため息をついて、味噌汁に口をつける。今日の味噌汁は少し煮詰めすぎたみたいでちょっとしょっぱい。

「最悪の一日だった」

素直に答えると「華ちゃんがいないからって」と母は苦笑する。

「それもあるけど、それだけじゃなくて。停学を免れたのって、みんなクラスでちょっと浮いてる感じの子たちばっかりなんだもん」

「この機会に仲良くなればいいんじゃないの？」

「簡単に言わないでよ」

仲良くなれるならそのほうがいい。そんなことわたしだってわかっているし、そう思って怜ちゃんに声をかけたりもした。

でも、人には相性というものがある。無理してつき合うことはない。

「ぼっちの集団って感じ」

もちろん、わたしも含めて。

転校して離れたり、友だちが学校を休んだりすれば、わたしはあっという間にひとりぼっちになる。スマホで友だちとつながっていたとしても、そばにいない時間が増えれば心も離れていく。

わたしも、四人と一緒だ。

今日の教室には、ひとりぼっちたちしかいなかった。

2　ふたつめの発見は長所

外に出ると、今日は真夏日かと思うほど太陽が燦々《さんさん》と照り輝いていた。

まだ六月だからと長袖《ながそで》のシャツを着てきたのは失敗だった。袖口のボタンを外してめくりあげ、引っ越してきてから購入したオレンジ色の自転車に跨《また》がった。

地面を蹴《け》ってペダルを踏み込む。五人だけで過ごす二日目。考えると気が重くなるので、それを吹き飛ばすようにスピードをあげた。心地よい風に幾分気が軽くなる。

「あ、おはようございますー」

「おはよう、気をつけてね」

途中にある家の前で、いつものように掃《は》き掃除《そうじ》をしているおばあさんに声をかける。

いくつかの家をすぎると、景色は田んぼばかりになる。高い建物はひとつもない。視界を遮《さえぎ》るものはなにもない。

学校は五つ目の坂をのぼったところに建っている。以前は途中で自転車を降りて押していたけれど、最近はなんとかのぼりきれるようになった。それでも、息は切れ切れだ。

校門をくぐると、一年の生徒がほとんどいないからか、いつもよりも人が少なく感じる。その中に、ひときわ目立つ男がけだるそうに歩いているのが目に入った。ほとんどが自転車通学だけれど、彼——大北《おおきた》くんは徒歩らしい。

思わず駐輪場に向かう速度を落とす。

いや、なんでわたしが気を遣わなくちゃいけないんだ。

勢いよく抜き去ってしまえばいい。挨拶《あいさつ》しないといけない間柄でもないんだから。

そう思って、スピードをだし大北くんの横を通りすぎようとした——のに。

「よ、なな」

大北くんはすぐさまわたしに気づいて声をかけてきた。なにが起こったのか理解できず、そのまま前に突き進む。

……今、なんて言われた？

「なな、おい、なな！　無視してんじゃねえよ。なーなー！」

なんで！

大声で名前を連呼され、ブレーキをかける。信じられない気持ちで振り返ると、大北くんは「よ」と片手をあげてわたしに近づいてきた。

なんでそんな笑顔でわたしに話しかけるの？　しかも〝なな〟って呼んでない？　やめ

てって言わなかったっけ。っていうか、大北くんとは昨日険悪なムードになって屋上で別れたはず。

茫然《ぼうぜん》としていると、まわりにいる上級生たちがちらちらとわたしと大北くんを見ているのに気がついた。

立ち去りたい。けれど、さっきのように大声で名前を呼ばれるのはいやだ。

落ち着かなくて体がそわそわと動く。

「なにもじもじしてんだ。トイレ？」

「違うわよ！」

見当違いも甚《はなは》だしい。トイレに行きたかったら大北くんなんか無視するし。

反射的に大きな声で否定をすると、上級生たちからの視線がますます突き刺さってきた。

はっとして口を押さえると、大北くんはぶくく、と笑いをかみ殺す。

完全にからかわれていて、くやしい。

「短気だな、なな」

「名前で呼ばないでって言ったでしょ」

むうっと口をへの字に歪ませながら文句を返す。

渋々自転車から降りて、大北くんの隣に並んだ。昇降口に向かう途中に駐輪場がなければ、立ち去れたのに。

「いいじゃん、なな。ちゃん付けはやめただろ。特別だからな」

そういう問題じゃない！　そして特別とか言わないで！

ちっともうれしくないはずなのに〝特別〟の単語に胸がきゅっとなる。やめろわたし。

こいつはこういうことを誰にでも言っているんだ。大北くんにとっての〝特別〟にはなんの意味もない。

「それに〝なな〟ってかわいーし。名前が」

「とってつけたように、名前が、なんて言わなくてもいいし」

だいたいなにがかわいいのか。なな、なんて珍しくもなんともないだろう。奈苗、という漢字はけっこう気に入っているが響きは普通だ。

大北くんは「ひねくれてるなあ」と呆《あき》れたように肩をすくめた。

まるでずっと友だちだったかのような気さくな態度に、調子がくるってしまう。

「……なんで、わたしに話しかけるの？」

「そこにいたから」

そういう意味ではないのだけれど。

「いつもは誰にも話しかけないじゃない」

大北くんは、間髪《かんぱつ》を容《い》れず、はっきりと答えた。おそらく、クラスメイトのことを言っているのだろう。でも、わたしは含まれていないのだろうか。

わたしが疑問を覚えたことを察したのか、大北くんは「深い意味はねえよ」と言う。

「たまたま、ほかのやつらがいなくて、その中に今まで話したことのない転入生がいたから、なんとなく話しかけてみただけ」

「嫌みばっかり言うから、嫌がらせかと思った」

「ななってはっきり言う性格だよな。そういうところいいな」

昨日のやり取りを思いだしたのか、大北くんは喉《のど》を鳴らして笑う。

だから、そういうことを！　軽々しく！　言わないで！

「俺のことが嫌いでも、ほかのやつは無視するだけなのに、ななはちゃんと相手してくれるしな」

「……べつに、嫌い、とかでは」

みんなが大北くんと関わるなって言うから、今まで話をしなかった。

嫌いかどうかなんて、考えたことがなかった。

なのに、そんなふうに思われていることに後ろめたい気持ちになる。それは、そう思われるような態度を取っていた自覚があるからだ。

言いよどむわたしに、大北くんは「転入生も大変だな」と肩をすくめた。その仕草から、彼のやさしさを感じてしまう。

「俺、けっこうななのこと気に入ってんだよ」

「……それは、どうなの？」

「うはは」

こんなふうに、ときおり子どものように無邪気な一面が垣間見《かいまみ》えると、どことなく親しみを感じてしまうのだから不思議だ。

「ななも、誰もいねえんじゃ暇だろ。今だけなんだから気にすんな」

駐輪場に着くと、大北くんは「じゃあな」と先に昇降口に向かっていく。

今だけ、か。心の中で呟《つぶや》くと、なんだかすごくむなしくなった。


今日も授業はすべて自習で、昨日受け取ったプリントの続きをさせられた。どうやらこのプリントの束は、今日中に終えなくてはいけないらしい。信じられない。

四時間目のチャイムが鳴り響き、はあーっと机に項垂《うなだ》れた。

プリントはまだ半分以上。絶対無理。放課後残らないと無理。っていうか残っても無理。

とりあえずお昼にするか、と思いながらちらりと横に視線を向けると、今日も図書委員の仕事があるのか、怜《れい》ちゃんが鞄《かばん》からお弁当箱を取り出して立ち上がった。

今日一日、怜ちゃんとは挨拶《あいさつ》以外の言葉を交わしていない。

──『ひとりで食べたら？』

昨日、言われた言葉が蘇《よみがえ》る。

またあんな返事をされるかもしれないと思うと、話しかけることに躊躇《ちゅうちょ》してしまう。かといってずーっとしゃべらないのもなあ。居心地が悪いしなあ。

どうしたものかと考えていると、

「あの」

と怜ちゃんの声が頭上から聞こえてきて、顔をあげた。すぐそばに怜ちゃんが立っていて、わたしを見下ろしている。眉間《みけん》に皺《しわ》を寄せ、怒っているような表情をしていた。

「……どう、したの？」

わたし、なにかしたっけ？

瞬時に今日一日の自分の行動を思い返す。でも、思い当たる節はない。

「あのっ、明日、のお昼、一緒にご飯、食べない？」

ぎこちない、けれど力のこもった声に「へ」と間抜けな声をだして目を瞬《またた》かせた。

「今日は急すぎて、先輩に図書委員の仕事かわってもらえなくて。明日ならって」

「あ、ああ、うん」

なるほど。でも、なんで？　昨日あんなこと言ったのに？

頭にいくつものクエスチョンマークが浮かぶ。それに気づいたのか、怜ちゃんは眉《まゆ》をハの字にした。

「昨日、誘ってくれたのに私、言い間違えちゃったんじゃないかって、思って」

もしかして、ずっと気にしてくれていたのかな。

「奈苗《ななえ》ちゃんは、いつも誰かと一緒にいるから、だから、私のこと気にしてるのかなって。気を遣わせてないかなって。でも、なんか、言葉足らずだった、よね」

バツが悪そうにもじもじしながら答える怜ちゃんは、とてもかわいく映った。

さっきまでモヤモヤしていた気持ちが嘘みたいに晴れてくる。わざわざ図書委員の仕事を先輩にかわってもらい、わたしに声をかけてきてくれたことがうれしい。

そっか、怜ちゃんは、悪気があって言ったわけじゃなかったんだ。

「うん、明日は一緒に食べよう」

笑顔で答えると、怜ちゃんはほっと肩の力を抜いて「ありがとう」とはにかんだ。そして図書室に向かうために教室を出ていく。

なんだ、よかったあ。そっか、怜ちゃんはきっと、しゃべるのが苦手なんだ。

こんなことなら、気にせずに話しかけたらよかった。ずっと悶々《もんもん》としていたのがもったいなかったなあ。

怜ちゃんと前よりも仲良くなれた気がして、気分が弾む。

さて、じゃあ今日は、どこでお弁当を食べようかな。

屋上には大北くんがいるかもしれない。なんとなく、これ以上彼と仲良くなるのは危険な気がする。大北くんが女関係にだらしない、という情報を得ていても、警戒していても、たった数回話をしただけで、そりゃモテるわ、と何度思ったことか。

いや、べつにわたしは惚《ほ》れないけどね！

それに、また先輩たちがやってきて、目の前でケンカをされてもいやだしなあ。

今日はここでいいか。そう思って机の上にお弁当箱を広げようとすると、

「青谷《あおたに》、ひとりでご飯？　ひとりもさびしいだろ。一緒に食おうぜ」

と、委員長が自分の席からお弁当を持って近づいてくる。

「え、ああ、うん」

予想外のお誘いだ。

「せっかくだから屋上行こうぜ」

窓の外見て、委員長が天井を指さした。

なんでそうなるんだ。

驚くわたしを無視して「いい天気だしなー」と教室を出ていこうとする。途中、委員長は若尾《わかお》くんも誘っていたけれど、彼は「あ、僕は……プリントもうちょっとだから」とおどおどしつつも断った。

「屋上には望《のぞむ》もいるんじゃないかなあ」

委員長は、もしかしてわたしと大北くんを仲良くさせようとしているのかもしれない。昨日、大北くんとケンカしたみたいになったし。いや、わたしたちが屋上で話していたことから、仲がいいと思っている可能性もある。

委員長らしい気遣いだ。お節介《せっかい》、とも言えるけれど。

断り損《そこ》ねて、軽い足取りの委員長のあとをついていった。

「あ、やっぱりいた」

屋上のドアをあけると、目の前の手すりに大北くんがもたれかかっていた。委員長は「望は本当に屋上が好きだよなあ」と大北くんの隣に腰をおろして、持ってきたお弁当を広げる。

委員長のお弁当は、シンプルながらもボリュームのあるおいしそうなおかずが詰まっていた。なんとなく、テキパキしたお母さん像が見える。

そんなことを考えながら、委員長を真ん中にしてわたしも地面に座った。そして同じようにお弁当を取り出す。

「ななの弁当、なんか色とりどりだな」

「ほんとだ。こうしてみるとオレのと全然違うなあ」

大北くんがお弁当を覗き込み、委員長は自分の手元とわたしのものを見比べる。

自分ではいたって普通の、いや、どっちかというと手抜きのお弁当だ。

「ほとんど晩ご飯の残り物だし、ほかのも作り置きしてるのを詰めてるだけだよ。あ、でも彩《いろど》りのおかげで華やかに見えるのかも。それだけは気をつけてるから」

レタスの緑、プチトマトの赤、卵焼きの黄色。それらがあればそれっぽく見える。それに気づいたのは一ヶ月くらい前のことだ。もちろん、冷凍食品も活用している。

「え？　なな、もしかして、それ自分で作ってんの？　俺にも作れよ！」

なんでだ。

「へえ、青谷、料理するんだ。知らなかったな」

委員長が感心するように言った。ついでに「いつの間に〝なな〟って呼ぶほど仲良くなったんだよ」と大北くんに突っ込むのも忘れない。それはわたしにもわからない。

「こったものは無理だけどね。それに、レシピがあれば誰でも作れるようになるよ」

昔から料理が嫌いじゃなかったから、作れるだけ。引っ越してきてから、毎日のように作るようになってかなり上達はしているけれど。

「ならなおさら、ひとりじゃなくて誰かとおいしく食べたいよな、そりゃ」

大北くんは、なるほどなあ、と呟《つぶや》く。

その言葉に、胸がぎゅっと締めつけられた。

まさか、大北くんにそんなふうに言われるとは思わなかった。

誰かと——できれば大切な人と——一緒にご飯を食べる日常が、どれほど大事なのかをわたしは知っている。

それがなくなることが、なにを意味するのかも。

「じゃあ望がいっつもひとりでいるのは、お弁当がないからかー」

「宗太郎《そうたろう》のおかんに俺のぶんも作ってくれるように頼んでくれよ」

大北くんは、委員長のお弁当から卵焼きを勝手にひょいっとつまんで、口に放り込む。やめろよ、と文句を言う委員長と大北くんのやり取りを、つい見つめてしまう。

このふたり、こんなに仲良かったの？

大北くん、委員長を〝宗太郎〟って名前で呼んでいたよね。

今まで、教室でふたりがしゃべっているところを見たことは、ほとんどない。委員長が一方的に話しかけて、大北くんが素っ気なく一言二言い返すだけだった。ただ委員長がお節介を焼いているのだと、そう思っていた。

「仲、いいんだね、ふたり」

ぽつり、と呟くと、ふたりは目を見合わせて「そりゃ、ほぼうまれたときからそばにいたし」と不思議そうな顔をする。

「それは、ほかのクラスメイトも一緒でしょ？」

華《はな》の話では、みんな小学校からの顔見知りだと聞いている。ほかの高校に進学した子はいても、わたし以外に小中でべつの学区だった子はひとりもいないはずだ。

「まあ……中学までは望もみんなと仲良かったよ」

「そんなことねえよ」

ためらいがちに話す委員長の言葉を、大北くんが遮《さえぎ》る。そして「ここに友だちなんていねえ」と手にしていたパンの袋を乱暴にあけた。

「また望はそんなこと言って」

『――一年の落合《おちあい》くん、担任の猿沢《さるさわ》先生がお呼びです、至急職員室に――』

「え？　オレ？」

　屋上のドアの上部にあるスピーカーから委員長が呼び出される。えー、と口をとがらせつつも、委員長はお弁当を片付け「ちょっと行ってくるわ」と立ち上がった。

「ほんっと、先生にまでいいように使われてるよな、あいつは」

　大北くんは呆《あき》れたように肩をすくめつつも「ま、宗太郎らしいか」と言葉をつけ加えた。その表情は、バカにしたようなものではなく、委員長のことを理解しているやさしい友人の笑みだった。

「大北くんって、いつもは自分からみんなと距離置いてるの？」

　委員長がいなくなると、大北くんがわたしのお弁当のおかずを狙ってくる。それを阻止《そし》しながら訊くと、「なんだそれ」と不満げに言われた。

「なんとなく、そう思っただけ」

　クラスメイトも大北くんと距離を置いているのは間違いない。けれど、大北くんも同じくらい、みんなと関わるのを避けているような気がした。だから、五人しかいない今、わたしに話しかけたり、委員長に気兼ねなく軽口を叩いたりしているんじゃないだろうか。

「昔から俺はこんなんだよ」

　つんと澄ました、どこか子どもっぽい態度に、絶対嘘じゃん、と心の中で突っ込む。

「クラスのやつらなんかと仲良くしたって、面白くともなんともねえし」

「委員長とは友だちなのに、なんで普段は話さないの？」

そう言うと、大北くんはあからさまに眉間《みけん》に皺《しわ》を寄せた。

「ななも、宗太郎のことそんなふうに呼んでんだな」

「あ、いや、みんな、そう呼んでるから」

「そういう〝みんな〟のいるクラスメイトと友だちになんて、死んでもなりたくねえ」

大北くんから、蔑《さげす》むような冷たいものを感じる。

「あの……」

なんなの、と話を続けようとすると、背後から弱々しい声が聞こえ振り返る。そこに若尾くんがプリントを手にしてびくびくしながらわたしたちを見つめていた。

「これ、できたから……遅くなって、ごめん」

それをおずおずと大北くんに差し出した。

「は？　なにそれ」

大北くんが首をかしげる。大きな声だったからか、若尾くんはびくりと体を震わせた。

「えっと、その、プリント……見せてって……」

「あ、ああ。あ？　あんなの冗談に決まってるだろ」

バカじゃねえの、と言葉をつけたされた若尾くんは、体をぎゅっと小さくして「ご、ごめん」と謝る。謝るようなことではまったくないのに。

萎縮《いしゅく》している若尾くんに、大北くんが呆れたようなため息をつく。

「若尾の写したら、俺が解いてないのバレバレだろ」

まあ、それもそうか。五人しかいないのだから、すぐに気づかれるだろう。

いや、でも言い出したのは大北くんなのでは。

若尾くんもわたしと同じように思ったのか、ぽかんと口をあけて固まる。そして、

「望くんは……かわらないね」

とかわいらしく目を細めた。

若尾くんって、こんなふうに笑うんだ。はじめて見た。

いつも、俯《うつむ》いて、前髪で顔を隠して、誰とも目を合わさなかった。

「望くんも、宗太郎くんも、ふたりだけは、僕をからかったりしなかったね」

「興味がねえだけだよ。宗太郎は知らねえけど。あいつはただのお節介《せっかい》だからな」

若尾くんと大北くんが話をする姿を、箸《はし》をくわえたまま見つめてしまう。

この二ヶ月、一度も見たことのない光景だ。なのに、雰囲気《ふんいき》はとても自然で、なんで今まで見たことがなかったのか、気がついていなかっただけなのでは、と思ってしまう。

〝望くん〟という呼びかたは、ふたりが親しい関係だという証《あかし》にほかならない。

「そもそも若尾が抵抗しねえから神木《かみき》たちが調子にのるんだよ。抵抗しろよ」

ぶちぶちとパンを嚙《か》みちぎりながら大北くんが言う。

たしかに、とわたしは心の中で相づちを打つ。

「ケンカでもしろよ」

「そんなことしたら、お母さんとお父さんが心配するし、悲しむから」

若尾くんは、眉《まゆ》をさげて口の端をかすかに引き上げながら答える。

彼の欠点は、やさしすぎることだ。けれど、それはとても尊《とうと》くて、わたしにはけっして真似《まね》できない美しさがあった。頭上から注がれる太陽の光が、より一層彼を輝かせる。

「家族が、大事なんだね」

「……うん、そうだね」

思わず話しかけると、一瞬ためらってからの力強い返事に、小さな違和感を覚えた。

「学校なんかより、家族のほうが大事でしょ？」

顔をあげて答えた若尾くんははっきりと、笑顔で答える。

若尾くんの〝学校なんかより〟という言葉に込められた感情を想像すると、胸が苦しくなる。罪悪感に、目をそらしてしまう。

〝学校なんかより〟

きっと、大北くんも同じように思っているだろう。

ふたりからすれば、たしかに学校は楽しくない場所だろう。

けれど、わたしにとっては大切なものだ。だから、怜ちゃんや大北くんに昨日言われた台詞《せりふ》が、胸に突き刺さった。

それは間違っていることなのだろうか。いけないことなのだろうか。一緒にいて楽しいと、そう思う気持ちはけっして嘘じゃないのに。

そんなはずないと信じられるのに、なぜか気持ちが沈んでいく。と、ポケットのスマホが振動する。取り出すと華から『学校どう？　ママに怒られて外出禁止で暇すぎるー』という羨《うらや》ましいメッセージが届いていた。

「お前、スマホ見るたびに陰気な顔するよな。お友だちからじゃねえのかよ」

「……お前って呼ばないでよ」

お友だち、という言葉をやや強調し、嫌みめいた言いかたをされた。

「ななもお前もいやなのかよ、どう呼べばいいんだよ」

「青谷さんとかでいいんだけど」

「なんでさん付けにしなきゃいけねえんだ」

なんでしてくれないのか、のほうがわたしにはわからないのだけれど。

「わたしはくん付けなんだからいいでしょ」

「勝手にそっちがそう呼んでるだけだろ。俺は頼んでねえし」

「子どもみたい。小学生男子みたい。幼稚園児かも」

大北くんと嫌みのラリーをしていると、若尾くんが「あ、あの」と申し訳なさそうに声をかけてきた。

「邪魔しちゃ悪いから……僕、教室に戻る、ね」

「いや、なにも邪魔じゃないから！」

「あー、うん。でも、戻ってすることもあるし……」

目をさまよわせて、気まずそうに言われてしまう。なにを気遣っているのか。

教室に戻ってすることなんてないでしょ。プリント終わらせたんでしょ。

そそくさと立ち去ろうとする若尾くんに、大北くんは「おー」とまるで若尾くんの勘違いを肯定するかのように手を振った。

「ちゃんと否定してよ、大北くん。噂になったらどうするのよ」

「気にしなきゃいいんだよ」

「無理だよ」

女関係で散々噂《うわさ》になっている大北くんにはちっとも気にならないことなんだろうけれど、わたしは大北くんのように堂々とはできない。

「じゃあ、俺とつき合うか?」

——は?


屋上の空気がぴたりと止まった気がした。もしくは時間が。

なにを。なにを言った? え、なんでそうなるの。本気で言っているの? なんで?

一瞬間をあけてから、心臓が早鐘を打ちはじめる。

え、ちょっと。どういうこと。

「嘘じゃなくて本当にすればいいんじゃね? 俺、なのことけっこう気に入ってるし」

けっこうってなんだ。気に入っているってなんだ。

大北くんの言葉にすうっと冷静になっていく。心拍数も一気にさがる。

あまりにも突拍子のない台詞に思わず固まってしまったけれど、大北くんは冗談で、空気よりも水素よりも軽い気持ちで口にしただけだ。

そんな言葉をほんの数秒でも本気に受け取った自分が憎らしい。

だいたい、気に入ってるとか言ったけれど、話をしたのは昨日がはじめてだ。

「せめて、好きだからって言えばいいのに。どっちにしてもつき合わないけど」

はーっと深いため息を落として、「べつの女の子にでも言えば？　百人中ひとりくらいは引っかかるかもね」とあしらう。大北くんの顔なら、ひとりではなく五人くらいは引っかかるかもしれない。

「つき合わねえの？」

「当たり前でしょ」

「本気っぽい告白しても？」

っぽい、って言ってる時点で本気じゃないでしょうが。

「本気っぽい告白しても、本気の告白しても、大北くんとは絶対つき合わない」

「ひっでえなあー。傷つくなあー」

よく言うよ。へらへら笑ってるクセに。

「そんなにクラスメイトに俺と関係があると思われたくねえんだ」

大北くんがにやりと笑った。それは傷ついている顔にも見えた。

「そんなに友だちが大事か？　ただ学校が一緒なだけなのに」

そうじゃない、とすぐに言わなくちゃいけなかった。

けれど、それは嘘だ。わたしは、少なからず、そう思っている。

「ななも、なにも知らないまま流されて、その中で友だちごっこして楽しいのか？」

「友だちごっこ、って言わないでよ」

「だってそうじゃん」

どうしてそんなにクラスメイトを嫌っているのだろう。友だちを否定するのだろう。

「ただそばにいるだけなのに？」

「そばに、いるから、友だちなんじゃないの」

そばにいないなら、それはいないのと一緒だ。

わたしはそう思っている。だって、そうだったから。

「もったいねえなあって思わねえ？　外に出れば、もっと大勢の人間がいるのに」

「外に出たって出会う人数が劇的に増えるわけでもないじゃん」

おまけにこの田舎《いなか》だ。

「わたしにとっては、大北くんのほうがもったいないよ。ずっと一緒にいる人たちと、距離を取って過ごしているなんて」

噂が真実なら、たしかに問題児だと思う。

でも、大北くんは悪い人じゃないと、そう思う。

そんなこと、わたしなんかよりもみんなのほうが知っているはずだ。

なのに、なんで大北くんはひとりなのだろう。

華たちにそれを聞いたら、『あいつに騙《だま》されちゃだめだって！』と言われるのだろうか。

……騙されて、いるのか、なあ。

ちょっと自信がない。そのくらい、わたしは大北くんのことを知らないんだ。

「べつに話すことねえし。あいつらがいなくても、他校に友だちくらいいるしな」

大北くんは拗《す》ねたようにそっぽを向いた。

まあ、二ヶ月前に転入してきたわたしなんかの話を聞くはずはない、か。

「そう言うなら俺とつき合えばいいじゃん」

なんでそうなるんだ。話が戻ったじゃないか。

「大北くんだからってだけで、つき合わないわけじゃないの」

「なんで？　好きなやつでもいんの？」

「今は彼氏なんていらないの。男なんて、好きとかいう気持ちなんて、信じられない」

いとも簡単に裏切るから。裏切られるから。信じられないし、信じたくない。

そんな曖昧《あいまい》なものを受け入れることはできない。

わたしの返事に、大北くんは少し驚いたように目を見開いた。彼の髪の毛が風になびく。

その姿に心臓が跳ねた、ような気がした。

「たしかにそうかもな。俺には彼氏彼女より友だちっていう関係のが不確かだけど」

彼は考えるように首をかしげてから、片眉《かたまゆ》を上げて言った。

わたしの気持ちを理解し受け入れてくれる。それにちょっとほっとして、ちょっとだけ、うれしくなる。

もしかしたら、わたしと大北くんはどこか、似ているのかも。

なんてね。

「そういう理由なら、振られてやってもいいよ」

「本気っぽい告白もできないくせに」

最後に悪態をついて、顔を見合わせて笑った。


「やばい、終わらない。絶対終わらない」

六時間目の途中でさすがに力尽きた。プリントは未だに終わりが見えない。

机に突っ伏して呟《つぶや》き、学校に泊まり込まなければいけないと考える。もうだめだ。

五時間目がはじまってすぐに教室に来た担任は、放課後にすべてのプリントを終えて職員室まで持ってくるようにと言った。

さすがの大北くんも、五時間目からは席に座ってプリントをやっている。委員長も黙って机に向かっていた。若尾くんは昼休みに終わらせたので、優雅に小説を読んでいる。大北くんのかわりにわたしが写させてもらいたいけれど、そんなこと頼めない。

怜ちゃんに視線を向けると、相変わらず真剣な表情だ。

「怜ちゃんは終わりそうだね……」

わたしの独り言は怜ちゃんの耳に届いていたらしく、「なんとか、だけどね」と顔をあげて返事をくれた。

「今日は家庭教師の日だから、はやく帰らないといけないし」

「そうなんだ」

いつもまっすぐに家に帰っていたのは、そういう理由だったのかな。

「奈苗ちゃんは？」

「学校に泊まり込みも覚悟しはじめているところです」

「と、泊まり込み？　え？　そ、そんなにやばいの？」

怜ちゃんが本気で心配そうな顔をしたので、つい頬《ほお》が緩《ゆる》んでしまった。

冗談、でもないのだけれど、怜ちゃんの真面目《まじめ》さにほっこりしてしまう。ああ、そうか、怜ちゃんは真面目なんだな、と。

「少し時間あるから、手伝うよ」

「ありがとう、心強いよー」

心の底から感謝しつつも、わたしがまだ半分ほどしかできていないことを知ったら、怜ちゃんはどんな顔をするだろうかと不安になった。こいつ目をあけて寝てただけなんじゃ、と思われやしないだろうか。

少しでも進めなければと、失いかけたやる気をかき集めて、必死に机に向かった。

「平岡《ひらおか》ー、ちょっと英語教えてくんない？」

そこに、委員長が困ったように頭をかきながら怜ちゃんに近づいてきた。

「かわりにこの問題教えてもらってもいい？　落合くん数学得意だったよね」

「おっけー。あ、青谷も一緒にするか？　平岡は英語がクラスで一番だぞ」

「え？　そうなの？」

はじめて知った事実に驚くと、「数学は落合くんのほうが上じゃない」と怜ちゃんが恥ずかしそうに呟く。

委員長も怜ちゃんもそんなに優秀だったなんて。

ぜひ、とプリントを摑《つか》んで怜ちゃんの隣の席に移動する。

「オレは数学だけだからな。総合では若尾が一番だよ」

「え？　僕？」

突然話を振られた若尾くんは、弾かれたように顔をあげた。

ほーっと感心していると、「で？　青谷はなにがわかんないの？」と委員長がわたしのプリントを覗き込んでくる。

「化学が手つかずかな……苦手だから後回しにしてて」

「なら望に訊けばいいよ」

「大北くん？」

なんで大北くんが？

「望、化学だけはできるんだよ。化学のテストだけは毎回ほぼ満点」

きょとんとしていると、委員長が教えてくれた。ただしほかの教科は全然だめらしい。それでも、わたしの最も苦手な教科で一番だなんて。天才じゃん。

「なんだよ」

話が聞こえていたらしい大北くんが、のそのそと近づいてくる。怜ちゃんはわずかに驚いたかのように目を開き、けれどすぐにいつもどおりの落ち着いた表情に戻す。

「大北が教室で話すなんて珍しい」

「今はうるせえやつらがいないからな」

怜ちゃんに返事をしながら、大北くんは近くの席に座った。委員長は「そんなこと言うなよ」と呆《あき》れたように笑い、呼び寄せられた若尾くんは困ったように眉をさげる。

なんとなく、疎外感《そがいかん》を覚える。

「じゃ、みんなでやろうぜ」

四人をぼんやりと見ていると、委員長がぱっとわたしを見て声をだした。

「さっさと終わらせるぞ。青谷はなにが得意？」

「え？　えーっと、なんだろ。世界史はけっこう覚えてるけど」

「んじゃちょうどいいじゃねえか。全員バラバラで」

「じゃあ、えっと、僕は現国、かな」

「わからないところがあったら各々《おのおの》質問するってことで」

委員長の言葉をきっかけに、五人でプリントを片付けていく。

そういえば、転入初日、最初に声をかけてきてくれたのは委員長だったな。

転入は三回目だったけれど、まわりはみんなずっと友だちというこの学校で、わたしは受け入れてもらえるだろうかと不安だった。そんなわたしに、委員長が誰よりも先に近づいてきて「今日からよろしくな！」と大きな声で言ってくれたのだ。彼のウェルカムな笑顔に、わたしは緊張が解けたんだっけ。

もしかして、委員長は常にまわりを気にかけて、明るく振る舞っているのかもしれない。

無意識、という可能性もあるけれど。


三十分ほど五人でプリントを片付けていると、今までの五十倍くらいのスピードで解答《かいとう》欄《らん》が埋まっていく。あと一時間弱もあれば終わらせることができそうだ。

「あ、ちょっとごめん」

はあーっと息を吐き出すと同時に、怜ちゃんが慌てた様子で立ち上がり、ばたばたと教室を出ていく。怜ちゃんがあんなふうにいそぐ姿は珍しい。

「はー。疲れた。一度休憩すっか」

なにかあったのかな、とドアのほうを見ていると、大北くんが立ち上がり背を伸ばす。

「わたしもちょっとお手洗い行ってくる」

「逃げるなよー、なな」

「そんなことするわけないでしょ。大北くんじゃあるまいし」

一緒にしないでよ、と言葉をつけたすと、なぜか満足そうな顔をされた。大北くんは文句を言われると喜ぶ性格のようだ。変な性格だな。

「——ご、ごめんなさい」

トイレのドアに手をかけたところで、怜ちゃんの必死な声が聞こえてきて動きを止めた。

「もうすぐ、帰るから。ちょっと、課題をしてて」

怜ちゃんの声が、震えている。相手にやたらと気を遣っているような話しかただ。

どうしよう。たぶん、中に入らないほうがいいよね。

でも、ここにいると盗み聞きすることになってしまう。

「先生が来るまでには帰るから——」

その声を遮《さえぎ》るように電話越しに誰かが叫ぶ声が、廊下にいるわたしにもかすかに聞こえてきた。

「はい、はい……はい」

怜ちゃんの声が沈んでいく。いったい誰と話しているのだろう。

「わかった……はい……ごめん、なさい」

その言葉を最後に話が終わったのか、しばらくしんと静まりかえる。

えーっと、中に、入ってもいいのだろうか。でも、立ち聞きしてしまったことを怜ちゃんが知ったら、気まずくなるような気がする。いったん教室に戻ろうかな。

固まったまま考え込んでいると、ゆっくりとドアが開かれる。そして、中にいた怜ちゃんが苦笑しながら「ガラスに影が映ってるよ」とわたしに言った。

「あ、ご、ごめん、その、聞くつもりはなかったんだけど！」

「いいの。こっちこそごめん。気を遣わせちゃったよね」

「そんなことは！」

心なしか落ち込んでいるように見える怜ちゃんに、できるだけ明るく振る舞う。

「その、私、すぐ家に帰らなきゃいけなくなって……」

スマホを握りしめる怜ちゃんは、微笑《ほほえ》んでいるのに今にも泣きだしそうに見えた。

家に、ということは、電話の相手は母親だったの、かな。にしては、なんだかよそよそしいというか、なんというか。

わたしがそんな疑問を感じていることに気づいたのか、怜ちゃんは「親に怒られちゃった」と声のトーンを無理やり高くして肩をすくめる。

「うちの親、厳しくて。家庭教師の先生が来る前にちゃんと予習をしないといけないって。前回のテスト、あんまりよくなかったし、私」

「それは……本当に厳しいんだね」

思わず素直にそう口にしてしまった。

怜ちゃんくらいの成績ならちょっと点数が落ちても頭がいいことはかわらないだろう。わたしの母なら赤飯を炊《た》くはずだ。高級な焼き肉店に連れていってくれるかもしれない。

「みんなの親よりちょっと厳しいかな。でも、親の言うとおり、帰りが遅くなったら危ないし、家庭教師の先生を待たせたり授業に迷惑かけたりはできないから」

すごいな。そんなふうに考えられるなんて。わたしみたいに怠《なま》け者《もの》の思考とはまったく違う。べつに家庭教師を休みたいと言っているわけじゃないし、間に合うようには帰るつもりなのだからいいじゃない、とわたしは思ってしまう。

怜ちゃんの言っていることは正しい。

——けれど、まるで自分に言い聞かせているみたいだ。

そんな失礼なことを考えてしまったことが申し訳なくて、目をそらす。

「ごめんね」

「ううん、大丈夫。もうすぐ終わりそうだし気にしないで」

胸をはって答えたけれど、怜ちゃんはもう一度「本当にごめんね」と言ってから、いそいで教室に戻っていった。

すべての課題が終わったのは一時間後だった。

「じゃあ、先に帰るね」

まだまだ終わりそうにない大北くんを手伝うために、若尾くんと委員長はまだ残るつもりらしい。三人に声をかけると、「俺も帰りてぇ！」と大北くんが叫ぶ。

「もういいだろ、答えだけ写させろよ」

「だめに決まってるだろ。じゃあな、青谷」

委員長に一蹴《いっしゅう》されて、大北くんはふてくされている。委員長にとってもそのほうが楽なのに、彼は本当に真面目《まじめ》で面倒見がいい。教えられるものもないし、わたしは先に帰らせてもらおう。

プリントを担任に届けるため職員室に立ち寄って、ひとり校舎を出た。

五人だけの授業は明日もある。明日はなにをさせられるのだろうか。新たにプリントをだされたらどうしよう。想像するとぞっとしたので、頭を振って自転車に跨《また》がった。

時刻は六時前なので、まだ空は明るい。

視界に入ってくるのは、庭の広い平屋と田んぼと真っ青な空ばかり。その先には大きな山。せっかくだから、とちょっと遠回りしてとろとろと自転車をこぐ。

もうすぐ、ここに引っ越してきてはじめての夏がやってくる。

たった二ヶ月、けれど、もう二ヶ月。

ここでの日々が今までとまったく違うからか、以前の暮らしを思いだすと何十年も前のような気がした。小学三年生まで住んでいた土地のことは、前世のことのようだ。

たしか今日は、母が残業になると言っていた。帰ってもひとりきりだ。

「暇だなあ」

まわりに誰もいないのをいいことに、大きめの声で呟《つぶや》いた。

そのタイミングを見計らったように、スマホが誰かからの着信をわたしに知らせる。自転車に乗ったまま取り出して、画面に表示される華の名前に頬《ほお》を緩《ゆる》ませた。

「はいはーい」

「あ、奈苗？　今なにしてるー？」

明るい声で呼びかけると、華の元気な声が返ってくる。

「今帰ってる途中ー。課題のプリントが終わらなくて居残りしてた」

「うはは、最悪！　でもちょうどよかった、今から遊ばない？　あたしの家になるけど」

「行く行く！　暇だからどうしようかと思ってたところ。すぐ行く！」

食いつくように答えると、華が「必死すぎ」と笑った。

車のほとんどとおらない道を、風を切るように走り抜けて、学校とわたしの家の途中にある華の家には、十分ほどで着いた。呼吸を整えてインターフォンを押すと、華の母親が顔をだす。わたしが来ることを華から聞いていたのだろう。ふくよかな体のおばさんの笑顔は、見るといつもわたしをちょっと幸せな気持ちにさせてくれる。

「奈苗ちゃんは学校だったのよね。本当にしっかりしてるわ。まったく華は、停学なんてみっともないことして……恥ずかしいったら。しかも飲酒なんてもう」

わたしを家の中に招きながら、おばさんは眉《まゆ》をハの字にして言った。

「怒ったら反省してたけど、一日だけなんだから。今日なんて暇だ暇だってうるさくて」

なんて返事をすればいいのかわからず、愛想笑いを返す。すぐに華が二階からおりてきて「いらっしゃーい」とおばさんと対照的に満面の笑みで言った。

「あとでお菓子持っていくから」

「じゃあジュースも持ってきてねー。奈苗、部屋行こう！」

呆《あき》れた様子のおばさんにぺこりと頭をさげて、華の部屋に向かった。

「もー暇で暇でー。課題はだされてるんだけどやる気もしないしさー」

部屋に入ると、華はクッションの上に座りうんざりした顔をする。いつもは肩甲骨《けんこうこつ》まである深い茶色の髪の毛をひとつにくくっているけれど、今日はおろしていて、かわりに前髪をちょんまげにしていた。服装もTシャツに短パンとかなりラフな格好だ。

「でも家は気楽じゃん。わたしなんて五人だけの教室に閉じ込められてるんだから」

「たしかにー。怜ちゃんと委員長と若尾と大北だっけ？」

うげえっと華が舌をだすと、部屋にやってきたおばさんが「なんて顔してるの」と顔をしかめた。小言《こごと》がはじまる雰囲気《ふんいき》を察知して、華はすぐにおばさんを部屋から追い出す。

そして、ひょいっとクッキーを手に取って口の中に放り込んだ。

「で、奈苗はずっとひとりで過ごしてんの？」

「ううん、怜ちゃんとも話すようになったよ。やさしいよね。しっかりしてるし」

「まあね。だからあたしは怜ちゃんと話が合わないんだけど」

それを言うならわたしもだ。華と気が合うのは似たもの同士だからかもしれない。ぷくく、と顔を見合わせて笑う。

「そういえばさあ、委員長、気にしてた？」

華の顔が少し陰る。「なにが？」と訊き返すと、華が視線を落とした。

「打ち上げに委員長が参加してなかったのって、誰も誘ってなかったみたいでさ」

やっぱりそうだったのか。

普段委員長のことを暑苦しいと言っていても、仲間はずれにするほど嫌っているわけではない。華はずっと、気にしていたのだろう。

「神木がさ、委員長呼ぶと面倒だからって声をかけなかったらしいんだよね」

たしかに、委員長がいたら、けっして飲酒なんてできなかっただろう。みんなも、委員長がいれば雰囲気に流されることもなかったはずだ。

「いや、なにも言ってなかったし、いつもどおりだったよ」

「そっか。なら、いいんだけど」

華は、ほっとするように胸に手を当てる。それでも表情は暗い。

「神木くんは本当に困った人だねえ」

少し重くなった空気を払拭《ふっしょく》するように明るく言うと、華も「だよねえ」と苦く笑う。

若尾くんをパシリにしているのも、委員長のことをうっとうしく思って険《けん》のある態度を一番取るのも神木くんだ。話していると楽しいし、友だちには親切で情に厚い神木くんとはわたしも仲良くしている。けれど、彼は少し好き嫌いが激しすぎる。

「委員長の若尾を守ってる感じが邪魔されているみたいで気に入らないっぽいよね」

「そもそも、神木くんはなんであんなに若尾くんにかまうの？」

「小学校の頃は仲がよかったけど、中学からかな？　一緒にいるとイライラするんだって。パシリみたいな感じだよね。あの日も途中でお酒買いに行かされてたし」

え、と声が漏《も》れた。

若尾くんはてっきり打ち上げに参加していなかったのだと思っていた。

目を丸くしたわたしに、華が「これは神木が言ってただけだけどさ」と声のトーンを落とし、わたしの耳元に顔を近づける。

「若尾が誰かに告げ口したせいでバレたんだって」

「——ま、さか」

あの若尾くんが、そんなことをするとは考えられない。

「まー、さすがにそれはあたしもイメージできないから信じてないけど」

ただ、週明け神木くんが若尾くんにどう接するのか想像すると気が重いよね、と華が困ったように肩をすくませる。

「ねえ、大北は？」

ふと、思いだしたように華が大北くんの名前を口にした。

「あー、うん、まあ……」

関わらないほうがいい、と言われていたので言葉を濁《にご》すけれど、誤魔化《ごまか》すのもなんだかおかしな話だと思い直して「思ってたより話しやすいね」と素直に答えた。その瞬間、華の眉間《みけん》にぎゅっと皺《しわ》が寄る。

「それにコロッとほだされたらだめだからね！」

「そ、それはない、けど」

なんでしどろもどろになるんだ、わたしは。

「見た目がクールっぽいくせに話しやすいし女子にやさしいから、気を抜くと騙《だま》されちゃうんだよ。タチが悪いんだよ。すぐ女子のこと〝ちゃん付け〟するし」

ギクギクッと内心焦る。

「さすがにあたしたちにはもうそんなことしないけどさあ」

あんなことがあったら誰も信用しないよね、と華が話を続けたので、「あんなこと？」と首をかしげる。

「奈苗にはちゃんと説明してなかったっけ。教室ではなかなか言えないからなあ」

教室で言えないってどういうことだろう。

黙って耳を傾けていると、

「中二のとき、大北、親友の彼女を奪ったんだよ」

と華が言った。

「大北と仲良かった男子に年上の彼女がいたんだけど、大北、その彼女と実はつき合ってたんだよね。おまけにそれがバレたらその男子を殴《なぐ》ったんだよー」

「ほ、ほんとに？」

「村木《むらき》――っていうのが相手の男子の名前なんだけど、村木本人が言ってたから」

「その彼女が惚《ほ》れただけ、とかでもなく、つき合ってたの？」

どうして、わたしはこんなことを訊いているのだろう。

まるで、大北くんが悪くない理由を探しているみたいだ。

「彼女が言うには大北のほうから、しかも脅《おど》されて仕方なくつき合ったって」

あの大北くんが、女の子を脅すのは、まったく想像できない。

思わず、グラスを持つ手に力を込めてしまう。

「その、村木くんは、今は？」

「それがきっかけかはわかんないけど、その直後に引っ越ししたんだよねえ」

今は誰も連絡を取っていないらしい。

「それで、女子は全員大北を敵だとみなしたよね。男子も関わると面倒だと思ったのか距離を取り出してさ。他校の生徒とケンカしたりやばそうなやつと絡んだりしてたのもあるだろうけど」

この話を、大北くんと話をする前に聞いていたら信じたかもしれない。

けれど、今はどうしても真実だとは思えなかった。

たしかに大北くんはちょっと軽い。馴《な》れ馴《な》れしいし、思わせぶりなことを平然と口にしてくる。
でも、女の子を怖がらせようとする人には思えない。どちらかというとやさしすぎるから、女の子を勘違いさせてしまうタイプなのだと思った。
――『なな』
わたしを見て、呼び捨ては特別だと、そう言った大北くんが脳裏《のうり》に蘇《よみがえ》る。

七時になり、晩ご飯に誘われたのを断り華の家をあとにした。

大北くんの話で部屋の空気が重くなったものの、すぐに華が他愛《たわい》もない話に切り替えたので、わたしも彼のことは一度頭から追いだし楽しく過ごした。

それでも、どうしても疑問が消えてくれない。わたしの知っている大北くんと、華の話す大北くんが重ならない。

だめだ、頭がぐちゃぐちゃだ。ちょっと気持ちを落ち着かせよう。

夜風を浴びるために川沿いの道に入る。

そもそも、たった二ヶ月、いや、大北くんと話をしてからなら二日。そんなわたしが、ずっと一緒にいる華たちの話を疑うのがおかしい。

わたしだけが、知らないんだ。

わたしはまだ、ひとりだ。

友だちができても、みんなが過ごしてきた時間にはかなわない。

わたしにはなんの絆《きずな》もないから。


——みんな、なにしてるの?

——あの人は、誰を想っているの? 誰と一緒にいるの?

——もう、わたしのことなんか、忘れたの?


そんな疑問を何度も呑《の》み込み、なかったことにする。

唇に歯を立てて、眉根《まゆね》を寄せる。考えるな、思いだすな、記憶から消し去れ、と自分に何度も言い聞かせてハンドルを握りしめる。

滲《にじ》みだした視界の中に、前を歩いている人影を見つけた。速度を少し落として通りすぎようとすると、

「あれ、ななじゃん」

と聞き覚えのある声にブレーキをかける。

「……大北くん」

わたしと同じように制服姿の彼が振り返って、わたしを見ていた。

「こんな時間まで残ってたの？」

「いや、六時には終わった。なんとか宗太郎を言いくるめて写してやった」

にひひ、といたずらが成功した子どものように歯を見せる彼は、人を脅すようには思えなかった。無邪気な悪ガキって感じだ。

っていうか。

「怪我《けが》してない？　え？　なにしてんの」

彼の目元がかすかに腫《は》れている。よく見れば口元にも血が滲んでいる。

「昨日のセンパイたちと顔を合わせただけ」

「顔を合わせただけで怪我ができるわけないでしょ」

はあっとため息をついて自転車を降りた。そして鞄《かばん》からハンカチを取り出し「これあげるから」大北くんに手渡す。せめてその血を拭《ぬぐ》ってほしい。

「悪いな。ったく、千恵《ちえ》ちゃんもややこしいよなあ。俺のせいにしやがって」

昨日の三人組の先輩のことか、と〝千恵〟の名前で思いだす。

彼女を奪われた、という状況は、さっき華から聞いた話とかぶる。

「ねえ、昨日言ってたことって本当？　その千恵ちゃんとはつき合ってないって」

「そう言ったじゃねえか」

「じゃあ、完全な逆恨みじゃん。ちゃんと説明したらわかってくれるんじゃない？」

「言ったって、誰も俺のこと信じないだろ。だったら殴ったほうがはやい」

いや、それは違うだろ。話がややこしくなるだけだ。

「どいつもこいつも、俺のせいにするからな。ななも、そう思ってるんだろ？」

大北くんの口調は、バカにしたようでもあり、むなしさを隠すようでもあった。そして、ひどくさびしそうにも感じた。

「でも、逆恨みなんでしょ」

信じてる、と言葉にするのは恥ずかしいので、そう答えた。

「じゃあ、俺は親友の彼女に手を出してねえ――って言ったら、ななは信じる？」

「え……？」

口元をハンカチで押さえていたので、大北くんがどんな表情をしているのかは見えなかった。笑っているのかもしれない。すがるように口を引き結んでいるかもしれない。

たった二ヶ月前に仲間入りしただけの半端ものに、そんなこと聞かないでほしい。〝なな〟なんて、呼ばないでほしい。切なそうなかすれた声を出さないでほしい。

大北くんのことを、知りたくなってしまう。

けれど、知ってしまうと以前までの日々に戻れなくなってしまう。

そう思うのに。

「一緒にいたら、信じると、思う。信じられると、思う」

答えにためらっているあいだに、口が勝手に動く。

「そばにいたら――裏切られなかった、はずだから。だから、そばにいたら信じられる」

なんでこんなことを言ってしまったのか。直後に後悔《こうかい》するけれど、言葉は取り消せない。

案《あん》の定《じょう》、大北くんは「なんの話だよ」と首を捻《ひね》った。

自転車を押し歩くと、体がやけに重く感じた。

「離れなければ、裏切られることも、別れることにもならなかったんじゃないか、って話」

自嘲気味に笑う。

なにを言っているんだろう、わたし。大北くんに話すつもりはなかったのに。そもそも、そんな話をしていなかったのに。

今が昼間だったら、わたしのひどい顔を彼に見られてしまっていたことだろう。

「なんだ、前の彼氏にでもフラれたのか？　そりゃ、まあ、ドンマイだな」

「そんなんじゃないし」

「フラれてねえなら、なんで別れんだよ。意味わかんねえんだけど」

そう単純なことじゃないっつーの。

ただ、一から説明をするのは面倒だし、あまり口にしたくなかったので「いろいろあるんだよ」と曖昧《あいまい》に答えた。

あの頃のわたしは、離れていても、心はずっとそばにいて、お互いにとって誰よりも大事な存在であるはずだと信じていた。

けれど、次第に連絡が減っていく。顔を合わせることがなくなっていく。胸に芽生《めば》えた不安から目をそらし続けても、気づいてしまう。そして、諦めてしまう。

きっと、そばにいたら別れなかったはずだ。

「そばにいないと、信じられなくなるんだよ。だから、一緒にいたら、信じられる。そういう絆が結ばれるんだと思う。友だちも、恋人も、家族も」

わたしとの別れに涙を流した友だちは、すでにべつの友だちと楽しい日々を送っている。みんな、一緒だ。これからも友だちだよ、と言っていても、毎日連絡するからね、と指切りをしても、すぐに忘れる。約束どころか、存在すらも。

電話番号もメールアドレスもかえていないのに、届かない連絡は、そういうことだ。

「ななこそ話すればいいんじゃねえの？　ついでに殴りにいこうぜ」

「なんでそうなるの」

とくに後半の台詞《せりふ》が、理解できない。

そういうところが怖がられるのでは。

「すっきりしてねえからそんなこと考えるんだろ。どんな男か知らねえけど、バカな男にトラウマ植えつけられるとか、もったいねえぞ」

「話すことなんてないし。距離はどうしようもないってはっきりしたからそれでいい」

「めんどくせえなあ」

なにがだ。

けれど、大北くんはそう言いながらも「ま、ななががいいならいいけど」と言った。

「俺はななの考えとは違うけどな。そばにいたって無意味な関係はあるんだよ。学校での俺を見ればわかんだろ」

小学校からずっと知り合いのクラスメイトは、みんな彼を避けている。

だったら、どうしたらいいの。どうやって人とつながればいいの。

わたしは、誰かとつながりたいのに。

「どれだけそばにいたって、意味ねえよ。そばにいるだけならいなくてもいいんだよ」

言い切る大北くんは、透明なガラスで人との関係を遮断《しゃだん》しているように思えた。

そばにいないから、どうでもいいと諦めるわたし。

そばにいても、どうでもいいと諦める大北くん。

どうでもいい関係はいらない。そう思う気持ちは同じだけれど、まったく違う。

「俺こっちだから」

しばらく無言でいると、曲がり角で大北くんは足を止めた。

「仕方ねえんだよ、なな」

一歩踏み出し、大北くんが振り返る。

「俺を無理して信じなくていいってことだよ」

はじめて見るやさしげな笑みに体がしびれて、動けなかった。

そんなわたしに、大北くんはなにを思ったのか、目を合わせたままなにも言わず、しばらくしてからじゃあな、と背を向けて歩いていく。

無理をしているつもりはない。けれど、瞬時に言葉を返すことはできなかった。

大北くんがどういう意味で言っているかがわかって、そして、それが間違っているわけではないと自分でわかっていたからだ。

――『俺は親友の彼女に手を出してねえ――って言ったら、ななは信じる？』

信じられるよ。彼がそう言うのなら。

でも、それを口にできないのは、信じるのが、知るのが、怖いから。

だって、大北くんと親しくなっても、来週からはなんの関係もなくなる。華が心配するし、みんなにだってどう思われるかわからない。

大北くんだけじゃなく、怜ちゃんとも。委員長とも、若尾くんとも。

三日間でどれだけ仲良くなっても、そばに華がいれば、わたしは華と一緒に過ごす。三日間以上の時間を、わたしは華と過ごして関係を築いてきたから。

そう思う自分に、悲しくなった。

3　みっつの名前のない夢

今日は午後から雨が降るらしい。

雲が太陽の光を遮断しているからか、昨日よりも涼しく感じる。

五人だけの教室の、最終日。来週になれば、この三日間は夢のように儚《はかな》く消えるだろう。

わたしの胸には、それに対するさびしさが広がっている。

今までみんなと距離を取っていたのは自分だというのに。ちょっと仲良くなったからって、現金だなわたしも。

自転車に乗りながら自嘲《じちょう》気味に笑って、重たげな空を見上げた。


今日も大北《おおきた》くんと途中で会って名前を叫ばれたらどうしようかと思ったけれど、なにごともなく教室までたどり着けた。

若尾《わかお》くんと怜《れい》ちゃんはわたしよりも先に座っていた。委員長はわたしのすぐあと、大北くんはチャイムが鳴るギリギリに眠そうな顔をして教室に入ってくる。昨日の傷痕は、まだ痛々しく残っていた。

担任は朝礼を簡単に済ませてから、持ってきた紙をわたしたちの席を回って配る。それは、400字詰めの原稿用紙だった。枚数は十枚。

いやな予感しかしないんだけど。

「今日は作文を書いてもらおうか」

「高校生にもなって作文ってなんだよ」

間髪《かんぱつ》を容《い》れずに突っ込んだのは大北くんだった。それに心の中で大きく頷《うなず》く。

「テーマは夢だ。この機会に将来のための責任のある行動について考えるように」

担任は大北くんの文句を華麗《かれい》に聞き流して言った。

わたしたちが飲酒したわけではないのに、なぜそんなものを書かねばならんのか。

うんざりするわたしたちを無視して、担任は「書き上がったら職員室に持ってきてくれ」と教室を出ていく。

「夢って……小学生じゃあるまいし……」

しかも原稿用紙は十枚もある。そもそも夢なんてまだ決まってないし。

「ま、時間はたっぷりあるしのんびり考えればいいんじゃね？」

教室内に漂う重い空気を察したのか、委員長がすっくと立ち上がり、わたしたちをぐるりと順番に見て言った。のんびり考えても書けそうにないからこんな気分なんだけど、委員長もそれをわかったうえで口にしているのだろう。その気遣いを素直に受け取ると、少しだけ、気が楽になった。

「先生も教室には戻ってこないだろうしさ、屋上でも出てリフレッシュしようぜ」

「まあたしかに、一日中こんなところにこもってても仕方ないもんね」

意外なことに、一番に同意したのは怜ちゃんだった。

「だね。明るくて広い場所で考えたほうが、夢も広がりそうだし」

窓の外の曇った空を見てから、怜ちゃんと目を合わせて笑う。

「んじゃさっさと行くか」と、大北くんが立ち上がる。

「若尾も、行くだろ？」委員長が若尾くんに訊くと、彼は「うん」と頷く。

「あ、ねえ。お弁当も持ってく？」

「青谷《あおたに》、早弁するにもほどがあるだろ」

「でも、昼にまた戻ってくるのも面倒だし、持っていってもいいんじゃない？」

「でしょ？　ほら怜ちゃんもそう言ってるし」

「俺は売店だからどうでもいいよ。腹減ったら適当なタイミングで行くし」

「ま、待って。お弁当、持っていく、の?」

「せっかくだから、みんなで食べよ」

原稿用紙と筆記用具、そしてお弁当を手にして教室を飛び出す。

静かな校内の廊下《ろうか》を五人で歩く。屋上に、外に、上に、向かって。閉じ込められた教室から抜け出して。


笑みがこぼれる。胸が高鳴る。

特別な時間を、共有している。

五人だけが。五人全員が。

なんだろうこの感じ。――わくわくする。


屋上のドアをあけると、視界が空に染まった。どんよりしているものの、教室にいるよりもずっと気分が開放される。

誰よりも先に屋上に足を踏み入れた大北くんは、大きく背を伸ばしてから地面に座った。しかも、ど真ん中に。贅沢《ぜいたく》な使いかただ。彼の隣に委員長、反対側の隣にわたし。そして怜ちゃんと若尾くんが腰をおろすと、ひとつの輪になった。

「そういや、望《のぞむ》って夢とかあんの?」

「失礼なやつだな。それくらいあるに決まってるだろ」

ポケットに手を突っ込んだまま空を仰《あお》いでいた大北くんが、委員長の質問にそのままの体勢で答えた。

「え、あるの? なに? どんな夢?」

身を乗り出して大北くんに訊ねると、彼は視線だけをわたしに向ける。

「大統領」

訊かなきゃよかった。

「望くん、アメリカ行くんだ。大きいね……」

真面目《まじめ》に返答する若尾くんに、委員長と怜ちゃん、そしてわたしも噴き出した。大北くんは羞恥《しゅうち》を隠すようにわたしの頭に手を伸ばし、「うるせえ」と俯《うつむ》かせる。その様子にますますおかしくなる。大北くんもこんなふうに照れたりするんだなあ。

「ま、今すぐやらなくてもいいだろ」

体を傾けてごろんと寝そべった大北くんに、そうだね、と頷いた。

のんびりとした時間が流れていく。

大北くんは目をつむっていて、寝ているのかと思ったけれど、委員長に話しかけられたら短く返答していた。委員長もそれ以外は穏やかな顔で空を眺めている。若尾くんは持ってきた本を読み、わたしと怜ちゃんはスマホを見ながら話をしたり音楽を聴いたり。

暇すぎて時間の進みが遅く感じてもおかしくないほど、なにもしていない。なのに、あっという間にお昼が近づいていく。

背をそらして、流れる雲を眺める。

ゆるやかな時間が心地いい。そんなふうに思う自分が、不思議だ。

ずっと静かな時間が、静寂が嫌いだった。誰とも話をしない空間は息が詰まる。怖いし、さびしい。

なのに、今はずっとこのままでもいいとさえ思う。

なんでだろう。変なの。

心の中で呟《つぶや》くと、緩《ゆる》く口の端が引き上がる。

「なに笑ってんのお前」

いつからわたしを見ていたのか、大北くんが怪訝《けげん》な顔をしながら紙パックのジュースに口をつける。少し前にひとりでふらりと屋上を出ていったのは、売店に行っていたからなのだろう。喉《のど》が渇《かわ》いていたわけではないけれど、人が飲んでいるとわたしもほしくなる。

「ねえ、ジュース、わたしのぶんはないの？」

「あるわけねえだろ。ほしかったら自分で買ってこい」

「自分で買いにいくのが面倒だから訊いてるんじゃない」

口をとがらせてじいっと大北くんのジュースを見つめると、彼はわたしに背を見せてそれを隠し「やらねえぞ」と警戒心をあらわにする。

いくらほしくても人の飲みかけを奪うほど卑《いや》しくないし。失礼な。

「奈苗《ななえ》ちゃんと、大北って、そんなに仲良かったっけ?」

しばらく大北くんと言い合っていると、怜ちゃんがまじまじとわたしたちを見つめて言った。仲良くしているつもりはないのだけれど。

「いや、一昨日はじめてしゃべった」

偶然にも同じタイミングで同じ台詞《せりふ》を大北くんも口にする。息がぴったりだと思われても仕方のないハモり具合に、ほかの三人がくすくすと笑いだす。

「大北がそんなふうに話をするところ、小学校以来だね」

ひとしきり笑ってから、怜ちゃんが言う。その言葉に深い意味はなかったのだろうけれど、それは、屋上の空気をピンと張り詰めさせるには充分だったらしい。

委員長が「あー」と言いよどむ。

「そんなことは、ない、よなあ、望」

「あるだろ」

委員長のフォローは大北くん自らによってすかさず否定される。

「そもそも平岡《ひらおか》が俺に話しかけるのも、小学校以来じゃねえの」

「たしかにね」

皮肉めいた口調の大北くんに、怜ちゃんは素直にこくりと頷く。

「でも、望くん、あの話って嘘でしょ？」

若尾くんが、ゆっくりと、けれどはっきりと、当然のことのように口にした。

「さあ？　どうかな」

話をはぐらかすように大北くんが微笑を含んで答える。

「そうやって望が自分でなんにもしないから、みんなが話しかけないいんだよ」

「なんで俺がなんかしなきゃいけねーんだよ。無視したけりゃ勝手にしたらいいだろ」

委員長の言葉に、大北くんは子どものようにそっぽを向く。委員長は「またそんなふうに拗《す》ねて」と失笑し、若尾くんは「望くん……」と困ったように眉《まゆ》を寄せていた。

ちらりと怜ちゃんに視線を向けると、落ち着いた表情で三人を見ているだけ。

「怜ちゃんも、前は大北くんと仲良かったの？」

前は、という表現はどうなのか。口にしてから後悔《こうかい》する。

「いや、私はもともとそんなには」

わざわざ〝私は〟と言うことは、ほかのみんなはそうではなかったってことだよね。

拗ねている大北くんと、彼をなだめようとしている若尾くんと委員長に視線を戻す。

「どんな理由でも急に手のひら返して避けるようなやつら、こっちから願い下げなんだよ」

「仕方ないだろ。内容が内容なだけに。それに村木《むらき》本人が言ったことなんだしさ」

「知らねえよそんなこと。俺が説明しなくてもお前らは村木の話を嘘だと思ったんだろ。ほかのやつらはそうじゃなかった。それだけで俺には充分なんだよ」

大北くんは頑《かたく》なに委員長を拒否する。

「その噂《うわさ》が真実だと思わせる普段の態度が問題だったんじゃないの？」

素っ気ない怜ちゃんの声に、全員が視線を彼女に向けた。

「普段から誰彼かまわずやさしくして、思わせぶりなことしてたじゃない」

「べつにそんなことしてねえよ。普通だろ」

「それにケンカしてたことは本当のことでしょ」

ピンと背を伸ばし堂々としている怜ちゃんに、大北くんはたじろぐ。さすがの彼も、怜ちゃんにはぽんぽんと言い返せないらしい。図星だから余計だろう。

「小学校からつき合っていた彼女を大事にしていた村木くんと、女子に軽い印象のあるケンカもする大北、どっちのほうが信用されていたかっていう違いよ」

ぐぐ、と大北くんは言葉を詰まらせた。

さすが怜ちゃんだ。きっぱりはっきり、大北くん相手にも怯《ひる》む様子はない。

「じゃ、じゃあ俺が誠実に見えるように清く正しく過ごせばいいってのかよ」

「いまさらそんなことしたって無意味でしょ。誤解されるのは今までの振る舞いのせいなんだから、仕方ないでしょってことよ」

委員長も若尾くんも、そしてわたしも、ふたりの会話を黙って聞くしかできない。

「平岡はなにが言いたいわけ？」

「人のせいにするんじゃなくて、自分のせいでしょって言ってるだけ」

「反省しろってか」

「そんなこと言ってないし。反省したってなかったことにはならないし」

大北くんが歯ぎしりするように口をかたく閉じる。

なんとなく険悪なムードが漂いだしてきた。この場合どうすれば。

いつもなら明るく会話にまざる委員長も茫然《ぼうぜん》としている。

「じゃあ、それで俺が悪かったですって認めれば、平岡は満足なわけ？」

「私には関係のないことだからそんなのどうでもいいよ」

怜ちゃんの言葉に、大北くんははあーっと大きなため息をつく。

「平岡の言っていることは正論なんだけど、話の方向性がまったくわかんねえんだよなあ。この話のゴールはどこなわけ？」

ゴール？　と怜ちゃんが首をかしげた。

「俺を言い負かしたいだけか？」

大北くんの視線が、怜ちゃんを捉えていた。

「平岡は、俺が悪かったですって認めさせたいだけにしか思えねえんだけど」

まあ、そういうふうに受け取ることもできる。

これから反省して態度を改める、と言ったところで怜ちゃんはさっきのように「いまさら」だと一蹴《いっしゅう》しそうだ。それが間違っているわけではない。怜ちゃんは正しい。でも。

「平岡の正論は、過去に対してばっかりだ」

怜ちゃんは、はっとして大北くんから目をそらした。そして、「……そうかもね」と力なく答える。しゅるしゅると萎《しぼ》んだように、背中を丸めた。

「ごめん、大北」

「あ、いや、謝ってほしいわけじゃねえけど……」

怜ちゃんがこんなふうに肩を落とし謝ったことが意外だったのか、大北くんは焦ったように視線をさまよわせる。そして「俺、腹減ったなあ」とわざとらしく大きな声で話題をかえた。その空気を瞬時に察知し、委員長が「オレもオレも！」と弾かれたように立ち上がって言った。若尾くんも「う、うん」と戸惑いながらもお弁当の入った袋を手にする。

スマホで時間を確認すれば、まだ今は四時間目の途中だ。お昼には少しはやい。けれど、この空気を一掃《いっそう》するにはお弁当タイムにしたほうがいいだろう。

「怜ちゃんも食べよう！」

そう言って怜ちゃんに笑ってみせた。

輪になった五人が、お昼ご飯を広げる。まるで遠足みたいだ。

「お前の弁当、凝《こ》りすぎだろ」

大北くんがまじまじと若尾くんのお弁当を見て言った。

たしかに彼のお弁当はキャラ弁とまでではないが、かわいらしさがあふれている。お花の形をした卵焼きに、炊《た》き込みご飯には星の形のにんじんも添えられている。

「え？　いつも、こんな感じ、だけど」

「すげえな。俺のおかん朝弱いし働いてるしで朝ご飯さえ作ってくんねえんだよなあ。姉貴たちも大学に入って家出てっちまったし」

大北くんにはお姉さんがいたのか。しかも〝たち〟ということはふたり以上はいるようだ。大北くんのお姉さん、どんな感じなのだろう。

怜ちゃんはわたしよりも小ぶりなお弁当箱を膝にのせて、ゆっくりと蓋《ふた》をあけた。中は、彼女の真面目《まじめ》さが表れているかのように整っている。

「おいしそうー。料理上手なんだね、怜ちゃんのお母さん」

「奈苗ちゃんのお弁当もおいしそう。なんか、家庭的で羨《うらや》ましい」

「えー、なんか恥ずかしいな。詰めただけなんだけど」

「詰めてるだけなら来週から俺にも作ってきてくれよ」

「なんでわたしが大北くんに作らないといけないのよ。お金取るよ？」

一日千円と言うと、バーカ、という言葉とともに空《から》になったパンの袋を投げられる。

「もしかして、お弁当、奈苗ちゃんが作ってるの？　すごい」

「いやいや、本当に簡単なものしかできないよ？　必要に迫られて作ってるだけだし」

怜ちゃんが目を丸くして驚く。

「青谷のお母さんも働いてんの？」

「あ、うん。母子家庭になってからお母さん残業が多くなったってのもあるかな」

委員長の質問に何気なく返すと、一瞬だけれど屋上が静まりかえった。

「……え？　あれ？」

「そうなの？　知らなかった」

「あーそっか。隠してたわけじゃないんだけど、話すタイミングなかったもんねえ」

華《はな》たちにはすでに話をしていたので、みんな知っているものだと思っていた。

「両親の離婚でこっちに引っ越してきたの。離婚する一年くらい前から単身赴任《たんしんふにん》だったし、婿養子《むこようし》だったらしくて名字《みょうじ》も同じだからあんまり生活はかわってないんだけどね」

転校も三回目だよ、と笑う。

「すごいね」

怜ちゃんはまじまじとわたしのお弁当を見て呟《つぶや》く。

「私、料理全然できないから、憧れる」

「勉強できるほうがいいよー。それにわたし、煮るとか焼くとかしかしてないよ」

「ううん、自分のことを自分でできるって、すごいことだと思うよ」

怜ちゃんに褒められると、気恥ずかしくなって変な顔で笑ってしまった。照れと喜びのまざった歪んだ顔。それを見た大北くんが「なんだその気持ち悪い顔」と突っ込んでくる。

すぐそうやって茶々《ちゃちゃ》をいれるのをやめてほしい！

「私は……自分のことなにもできないな。全部……親がするから。料理も家事も」

「でも、そんなのみんなそうだろ？　オレだって同じだよ」

委員長が口を挟むと、怜ちゃんは少し考えてから苦笑して「習いごとも、寝る時間も起きる時間も、私は自分ではなにも決めてないから」と言葉をつけたす。

それって、すべて親が決めて、怜ちゃんはそれに従っている、ということだろうか。

そんなのおかしいよ、とは言えなかった。わたしだって、以前は母に起こしてもらっていたし、そろそろ寝なさいよと毎日言われていた。

――母が傷つく姿を見るまで、なにもしていなかった。

かといって、そんなの普通だよ、とは怜ちゃんの沈んだ表情を見ると言えない。

怜ちゃんは視線を原稿用紙に向ける。

「私の夢は、自立すること、かな」

間違いなく〝自立〟と、そう口にしたのに、わたしには〝自由になりたい〟と言っているように聞こえた。

「ねえ、みんなにとって家族って、どんなの？」

怜ちゃんはぱっと顔をあげて、四人を見渡して言った。

不意に投げつけられた質問に、しばらく首を捻《ひね》り考える。言葉にするのが難しい。

それはわたしだけではなく、大北くんと委員長もなのだろう。「えーっと」とか「んー」

と言葉を探していた。

「僕にとって、家族は、なによりも大事な人たちだよ」

そんな中で、誰よりも先に答えたのは若尾くんだ。

力強さを孕《はら》んだ声に、わたしの中にわずかな嫉妬《しっと》がうまれた。

わたしも一時期は若尾くんと同じように想う気持ちがあった。けれど、今のわたしに、父という家族はもう、いない。わたしにとって家族は母だけだ。

それは、両親が離婚したから、というだけではなく、わたしがそう決めた。

若尾くんは、家族を信じることを疑っていない。それが、羨ましい。

「お父さんとお母さんが、笑ってくれるためなら、僕はなんでもできると、思う」

ぎゅっと拳を作る若尾くんは、なにを思ってその手をかたく握っているのだろう。

「だから、僕は……」

若尾くんは、戸惑いと、焦りと、苦痛の滲《にじ》む顔になっていく。どんどん歪んでいく。

だから──その先の言葉を耳にすることが、なんだか怖い。

「……僕の夢は……笑顔でいること」

それは、本心なのだろうか。

漠然《ばくぜん》と、そうじゃないのでは、という疑問が浮かぶ。

「そんなふうに、家族のことを大切に想えるのは、いいね」

隣の怜ちゃんは、羨ましそうに目を細めた。そして、沈んだ表情を見せる。

「私は、若尾のようには想ってない、ような気がする。若尾の家族と私の家族は、なにかが、違うかもしれない」

それは、厳しすぎる、という話だろうか。

でも、昨日の怜ちゃんは、両親の言葉に納得しているように見えた。怜ちゃんはわたしよりも大人な考えかたができるんだなぁ、と。

もしかすると、そうじゃないのかな。

「じゃあ、若尾は家族のために傷つかないようにしろよ」

大北くんにしては小さな声に、若尾くんは「そうだよね」と力なく笑った。

「俺の言ってる意味わかってんのか？　神木《かみき》たちをどうにかしろってことだぞ」

「わかってる、よ」

消えてしまいそうなほどか細い声で、若尾が呟く。

「あんなやつら相手にしても無駄だって言うなら、その意見には賛成だけどな」

「そんなふうに言うなよ、望」

「宗太郎《そうたろう》もお人好しをほどほどにしねえと、そのうち俺か若尾の巻き添え食らうぞ」

諫《いさ》めるように口を挟んだ委員長に、大北くんは忠告する。

もしかして、教室で委員長とあまり話をしなかったのは委員長を守るためだったのかな。

「そんなことないよ。そんなはずない。いつかみんなわかってくれる」

「そう思いたいだけだろ。数年間なにもかわってねえんだから諦めろよ。わかりたいとは誰も思ってねえし、俺だってわかってもらわなくていいって言ってるんだから」

「オレがいやなんだよ！」

委員長の大きな声に、思わず体が跳ねる。

「望が、あんなことするわけないだろ」

「じゃあ、宗太郎は村木が嘘をつく最悪なやつだって思ってるのか？」

今度は、委員長が大北くんの台詞《せりふ》に体を震わせた。

「そういう、わけじゃないけど。でも、そういうことに……なるのかな」

「本当のことを知ったあとは俺のかわりにいないやつを悪に仕立てんのか？　それで一致団結すんのかよ。くだらねえし、バカバカしい」

大北くんは遠くの空を見つめるように、顔を後ろに向けて言った。

「でも、オレはいやなんだよ。望が誤解されているのも、若尾に対するみんなの態度も」

委員長が今にも泣きそうなほど顔を歪ませた。

ずっと、委員長はみんなが仲良しなのだと信じて疑っていないのだと思っていた。

けれど、そんなことはきれいごとだと、彼はとっくに理解していたんだろう。それでも、諦められなかったんだ。まわりにどう思われているか、委員長は気づいている。クラスメイトの、委員長、という呼びかたに、侮蔑《ぶべつ》の意味が込められていることにも。

そして、わたしはそれに気づいていながら、みんなと同じように彼をそう呼んだ。

そのことに気づくと、羞恥《しゅうち》に顔が赤くなる。

「ねえ、なんで、そこまでするの？」

若尾くんが少し躊躇《ちゅうちょ》して、それでも訊かずにはいられないように小首をかしげて言う。

「若尾も望のように、もう、諦めているのか？」

委員長は、苦く笑う。

「オレは、みんなのことが好きなんだ。望も、若尾も。そしてクラスのみんなも。だから、みんなにどう思われようとも、いつか……」

きっとこれが、委員長の〝夢〟だ。自分の将来の夢よりも実現したい、強い願いだ。

「オレが諦めなければ、毎日みんなとの距離を縮めていけたら」

意地になっているように見えるかもしれない。それでも、委員長は本気だ。

「全員と仲良くするなんて無理なんだよ、諦めろ宗太郎。気の合わないやつはいる。自分のために相手を蹴飛《けと》ばせるやつもいるし、どうしたってむかつくやつもいる」

「せっかく、ずっと一緒にいるのに」

そばにいれば。

諦めなければ。

彼のその強い想いは、わたしに、ポケットの中のスマホを思いださせた。

「そんなのきれいごとだ。そもそも無理して仲良くしてまで友だちなんか作る必要ねえんだよ。友だちになるやつは勝手になるんだ。なろうと思うことが間違ってんだよ」

「……でも、わたしは委員――いや、落合《おちあい》くんの言ってること、わかるよ」

呆《あき》れた口ぶりの大北くんに、今度はわたしが反論する。

「自然と友だちになれたらいいけど、そうじゃないこともあるよ。少なくとも、わたしは友だちを作ろうとしないと、いけなかった」

「薄っぺらい関係になるかもしれねえじゃん」

その言葉は、けっこう胸に刺さる。

連絡の途絶えた友だちの顔が脳裏《のうり》をよぎる。それは、大北くんの言うように薄っぺらい関係だったからなのだろうか。

いや、でも。

「一緒にいるあいだは、お互いにふれ合うことができる距離にいるあいだは、きっと、つながっていられる。それは、薄っぺらくはないんじゃないかな」

わたしはそう信じている。そうであってほしい。

だからこそ、距離とともに気持ちが離れたのだと思う。

まっすぐに大北くんを見据えて言う。けれど、大北くんはやっぱり納得できないらしく、明後日《あさって》のほうを見ながらパンを咀嚼《そしゃく》していた。そして、喉《のど》を上下させる。

「だったらなおさら、クラスのやつらとは、誤解が解けてなにごともなかったかのように話しかけられたって、友だちにはなれねえよ」

大北くんは、もしかしたら、すごく、くやしくてさびしかったんじゃないかなと思った。

されたことはなかったことにはならない。許していないとか、そういうことじゃない。

――『なな、大好きだよ』

脳裏に、かつてわたしのことが大好きだった、わたしも大好きだった人の、やさしい笑顔が蘇《よみがえ》る。

わたしはそれに、以前と同じような感情を抱けない。

大北くんはぐるりとわたしたちに目を向けて、片頬《かたほお》を引き上げる。

「まあ、だけど。いや、だから、か」

ごろりと寝そべって大の字になる。

「もしも戻れたらいいかもな、とも思うよ」

噂《うわさ》の広まる前に、ということだろう。

それが、大北くんの夢だ。きっと。そう思いたい。

「切れない絆《きずな》が、あればいいのにね」

独りごちたそれは、風にのって飛散する。

どんな攻撃も跳ね返せる盾のように、絆が目に見えて守ってくれていればいいのに。そうであれば、お互いに相手をどう思っているのかがわかるし、それがあればこの関係は安泰だと安心して過ごすことができる。

かすかに、どこかの教室で授業をしている声が聞こえてきた。空はさっきよりも沈んだ色に染まっていて、雨の匂《にお》いを強く感じた。遠くですでに雨が降っているのかもしれない。

わたしたちの白紙の原稿用紙が、風に揺られていた。

それぞれが口にした夢は、簡単な言葉では言い表せない。だからここには書かれない。

それらの夢には、名前がないから。

ご飯を食べ終わっても、誰ひとり原稿用紙を手にしなかった。

午前中と同じように、みんな好きなことをして過ごす。

「とはいえ」

スマホで時間を確認し、むくりと体を起こす。

「あんまりのんびりもしてられないよねえ」

五時間目がはじまってしまった。渋々原稿用紙とシャーペンを手にして「ううーん」と頭を捻《ひね》る。なんとかして書き上げなければ帰れない。

「ななは大統領って書けば？」

「それは大北くんでしょ。わたしは大統領になりたくないし」

「じゃあ大統領夫人とかでいいんじゃね？」

書くわけない。

そもそもどこの国の大統領よ、なんて突っ込めば、大北くんは「なんだよ俺と合わせるつもりか」とか言い出しかねない。

なにも言わないかわりにじろりと大北くんを睨《にら》みつけると、彼はわざとらしく肩をすくめて憎たらしい顔をした。

と、頭上にぽたんとなにかが落ちてくる。

「うわ、雨か」

わたしよりも先に気づいたのは落合くんだった。空はあっという間によどんで薄暗くなっていく。すぐに本降りになりそうだ。

慌てて荷物をまとめて立ち上がる。いそいで教室に戻らなければ。

まだ授業中なので騒がしくはできない。足音をださないようにこそこそと廊下《ろうか》を小走りで進み、教室に向かった。先頭にいた落合くんがドアをあけて中に入ろうとする。けれど急に立ち止まり、その背中に大北くんがぶつかった。

「な、なんだよ宗太郎！　突然立ち——」

大北くんの声が尻すぼみになる。

「お前ら……」

どうしたのかと大北くんの背中から顔をだすと同時に、低い声が鼓膜《こまく》を響かせた。

「どこ行ってた?」

教室のすみの席に座っていたらしい担任がゆっくりと腰をあげる。

やばい、見るからにご立腹だ。

今日はもう授業が終わるまで教室には戻ってこないと思っていた。昨日も一昨日も一度も顔をださなかったから。なのに、なんで今日に限って。

「ちょっと、屋上で休憩を……」

「二時間目からずっとサボりやがって」

まさか二時間目から教室にいたとは。運が悪すぎる。

「すぐに終わるだろうから、そしたら今日は帰らせてやろうと思ったのに」

なんと。それならそうと先に言ってくれればよかったのに。

担任は大きなため息をついてから、わたしたちを教室の中に入れた。雨はすでに本格的に降りだしていて、窓ガラスをばちばちと叩く。どんよりした空が、教室の中にも広がっているみたいに、空気が重い。

「ほんっとお前らはなんでそう先生を困らせるかな」

教壇《きょうだん》に手をついた担任はがっくりと項垂《うなだ》れている。クラスのほとんどの生徒が停学、そのうえ残った五人も自習をサボって抜け出していた、となればさすがに頭が痛いだろう。

「で？　作文は書いたのか？」

気を取り直したように顔をあげた担任と、目を合わせるものはいなかった。

まだ一文字も書いていない、とは言えない。もちろん、態度でそれはバレバレだろうけれど。

担任は「はあー」と今度は声にだしてため息をつく。

お気持ちはわかりますが、こちらにもいろいろ問題がありまして。

「夢だぞ、夢ないのか？」

「あったら書いてるし」

大北くんが火に油を注ぐようなことを言う。

余計なことを言わないで黙っていてほしい！　誰か口を塞《ふさ》いでくれないだろうか。

「……わかった、じゃあ作文はいいだろう」

え？　ほんとに？

「そのかわり、明日、学校来るように」

うれしい言葉に目を輝かせれば、次の言葉に目が点になる。

今、なんて？　明日？　明日って……。

「明日、校内の掃除《そうじ》」

明日は土曜日なんですけど！　休日のはずなんですけど！

「は？　なんで！　土曜に学校こなくちゃいけねーんだよ」

「お前らがサボるからだろ！　決定事項だ！」

ぶうぶうと文句を言い続けるわたしたちを、担任は無視して話を終わらせた。おまけに
「今日はもう帰れ」「うれしいだろ」となにやら自慢げに言う。

「じゃあ明日ちゃんと来いよ。休んだら家に電話するからな」

ひどい。

――でも。

教室にいる四人を見る。

本当ならば、今日で終わっていた五人だけの教室が、明日もあるんだ。もう一日、みんなと過ごせるんだ。そう思うと、ちょっと、うれしくなる。

「最悪……」

そんなわたしと裏腹に、大北くんは机に座って項垂れた。落ち込んでいるらしい。そして、怜ちゃんは少し困った顔をしている。落合くんと若尾くんの表情は見えないけれど、動かないのでショックを受けているのかもしれない。

喜んでいるのは、わたしだけか。

いや、当たり前か。そりゃそうだよね。

わかっていても、なんかさびしいな、と肩を落とすと、

「ちょっと、うれしいね」

と若尾くんが笑みを含んだ声で言ったのが聞こえてきた。

「オレも、この五人でいるのけっこう好きだから、まあいいかな」

落合くんも同じように口にする。振り返ったふたりを見て、わたしの頰《ほお》が緩《ゆる》んだ。

「俺だってそれはいいんだよ。学校に来るのがいやなんだよ」

「私もいいんだけど……明日、家庭教師なんだよね……」

大北くんも、怜ちゃんも。

「わたし、も――、うれ、しい！」

乗り遅れないようにと声をだすと、四人の視線がわたしに集中した。一斉に向けられたそれに、「へ」と間抜けな声を漏《も》らす。

わたし、なにかおかしなこと、言った？　言ってないよね？

おろおろと狼狽《うろた》えていると、大北くんが「ぶは」と噴き出す。なんで笑うの。

「気合い入れて言わなくても、そんなことわかってるよ」

「だ、だって」

「はいはい、なないはうれしいんだろ。明日楽しみだなあ」

鞄《かばん》を手にして近づいてきた大北くんが、子どもをあやすようにわたしの頭を撫《な》でる。

恥ずかしくて頰が紅潮する。

けれど、みんな同じように思っていたことが。明日会えることが。そして、

――『そんなことわかってるよ』

大北くんの台詞《せりふ》がうれしくて、胸の中がじんわりと熱を帯びる。口元がふにゃふにゃとだらしなく緩む。きゅっと唇を噛《か》んで我慢するけれど、それでも隠せていない気がした。

「明日頑張れよ、なな」

大北くんがわたしの頭をぽんぽんっと軽快なリズムで叩く。

「なながやる気になってるし、全部掃除するんだろ」

「そんなこと言ってないし！」

大北くんの手を振り払い否定すると、彼は「えー？」と何度もわたしの頭に手を伸ばす。それを避けようとしていると、なんだかじゃれあっているみたいだなと思った。

こんなことを考えるなんて。考えて自分で赤面しそうになるなんて。バカじゃないの。

なんか、気持ちがふわふわしている。だめだ。これはなんか、だめな気がする。

「じゃあ、私は帰ろうかな」

「あ、うん。ばいばい」

鞄を摑《つか》んで立ち上がった怜ちゃんに手を振る。

今日もなにか習いごとがあるのだろうか。もうちょっとゆっくりしていってもいいのに。

「僕も、帰るね」

「オレも帰ってゲームするかな」

続けて若尾くんと落合くんも教室を出ていった。取り残されたのは、わたしと大北くん。みんななんでそんなにそそくさといなくなってしまうんだろう。

未だにわたしの頭に手をのせていた大北くんが、「ななは？　どーすんの」と訊いてくる。

「帰りたいけど、傘がないからしばらくここにいるかな」

みんな、ちゃんと傘を持ってきていたのだろう。朝の天気予報で午後から雨だとか言っていたけれど、すっかり忘れていた。

「この調子じゃなかなかやまねえだろ」

「……だよねえ」

ふたりして窓の外を見る。空から無数の線がのびていて、黒く厚い雲がどこまでも広がっていた。たしかにこの雨はまだまだ降り続けるだろう。でも濡れて帰るのは勇気がいる。

「俺の傘に入るか？」

「……大北くんに傘って、なんか似合わないね」

突然の申し出に、驚きを隠さなければと思うと変なことを口走ってしまった。

「傘に似合うも似合わないもあるか。朝おかんに強引に持たされたんだよ」

差し出されたものを渋々受け取る大北くんを想像する。

大北くんも母親にはかなわないのだろうか。かわいいじゃないか。

「なに半笑いしてんだよ、気持ち悪いな。ほら、行くぞ」

返事をしていないのに、大北くんは鞄を摑んでドアに向かった。そのあとを追いかける。

まさか、大北くんと一緒に下校することになるなんて変な感じだ。

「あ、でもわたし自転車だよ」

「押せばいいだろ。家まで送ってやるよ」

「すごい遠回りだよ？　大北くん徒歩通学でしょ？」

家に帰るまで一時間以上はかかるだろう。さすがにそれは申し訳ない。

途中まででで大丈夫だと言いかけたわたしを見て、大北くんは「暇だし」と破顔《はがん》した。

目を細めて、白い歯を見せるそれは、この三日間で見た彼の笑顔の中で、とびきりやさしく、眩《まぶ》しく映った。

遠回りをしてまでわたしを家まで送ってくれるなんて。そんなふうに笑ってくれるなんて。なんだか、わたしは彼にとって特別なんじゃないかと思えてしまう。まるで、つき合っているみたいだ――なんて考えるのはおかしすぎる。

心臓が落ち着かない。せわしなく伸縮する。どういう表情を作ればいいのかわからない。

それを悟られないように、「濡れないようにしっかり傘持ってよね」とえらそうに言った。

なのに、やっぱり大北くんは笑う。

自転車を引いて歩くわたしの隣を、大北くんが傘をさして歩いてくれた。

「そういえば、大北くん明日、なにか用事あったの？」

「は？　なんで？」

「いや、いやがってたから、遊ぶ用事とかあったのかなって」

ふと訊いてみると「学校に来るのが面倒なんだよ」と言われた。

「休日に学校とか、おかんが詮索《せんさく》してきてうっとうしそうだし」

「大北くんもお母さんに怒られたりするの？」

「毎日なんかしら怒られてるよ」

想像すると、なんかかわいいなあと思ってしまった。

「おとんもおかんには弱いし。俺も昔っから女にはやさしくしろって散々教えられてきたからな。姉貴のことも名前にちゃんづけだぞ」

姉貴、とは家では口にできない単語らしい。

「だから、女子のことちゃんづけで呼ぶんだ。でも、怜ちゃんは名字《みようじ》呼び捨てだよね」

「誰彼かまわずそんなことしねえよ。仲がいいやつとかだけだっつの」

なるほど。まあ、それもそうか。いや、でも。

「わたしは仲良くなかったじゃん」

はじめて話した日に馴《な》れ馴《な》れしくあだ名をつけられたのだけれど。

「だから特別だって言っただろ」

「……っ、そ、そういう、ところが」

平然と口にしないでくれないだろうか。

もう、もう！

「照れてんの？　ぶはは」

「うっさいなあ！　大北くんが悪いんでしょ！」

「なんで俺が悪いんだよ」

自覚がないのが悪いのだ。

けれど、大北くんが女子にやさしい理由は、お姉さんのこともあるからだったのか、と納得できた。それが大北くんにとって当たり前のことなのだろう。それが、思わせぶりな態度になってしまっているようだ。

なるほど。うん、だから、真に受けるな、わたし。

「ななは、用事ねえの？」

「土日は約束がない限り家のことしてるから、大丈夫」

「お前のおかん、土日も働いてんの？　よく働くな」

「そもそも土日が休みの仕事じゃないからね」

離婚するまではもう少し働く時間は短かったと思う。たしか以前はパートか派遣か、そういう雇用形態だったはずだ。今ではその会社の正社員になりフルタイムで働いている。

わたしのために。

「じゃあ、土日いつも暇してんのか。今度俺の暇にもつき合えよ」

「……いいけど、なにするの」

「なに？　今決めないといけねえの？　面倒くせえな」

なんだ、適当な言葉だったのか。本気じゃないのか。

いや、いいんだけど。本気で誘われても、困るって言うか、どうしたらいいのかわかんないし。でも、なんか、ちょっとむかむかする。

どうせほかの子にも同じようなことを言ってるに違いない。もちろん、彼には深い意味はないんだろう。千恵《ちえ》ちゃんとやらも、きっとこういう軽々しい台詞《せりふ》に、勘違いしてしまったのではないだろうか。

〝彼のことをわかっているのはわたしだけ〟とか〝わたしは彼の特別かも〟って。

わたしみたいに――。

「って！　アホか！」

「え？　は？　なんなのお前」

急に叫ぶと、当然大北くんがびくりと驚いた。地球外生物を見るような訝《いぶか》しげな視線を向けられ、「なんでもない」と目をそらす。大北くんは「意味わかんねぇー」と言いながらケタケタと楽しそうな声をあげた。

華の言っていたことは正しい。彼のこの無自覚な言動に振り回される女子は多いだろう。でも、二股《ふたまた》や友だちの彼女を奪ったとか脅《おど》したとか、そんなことをするようには思えない。そんなこと、大北くんがするはずがない。

きっと、若尾くんも落合くんも、そういう大北くんを知っていたから、彼から本当のことを聞かなくても、信じることができたのだろう。

「ねえ」

「今度はなんだよ？」

雨の音が少し弱くなった気がした。

わたしの右肩だけが傘から落ちてくる雫《しずく》で濡れている。大北くんを見れば、彼はわたしよりも濡れていた。左肩、というよりも左半分、と言ったほうがいいくらいに。

「クラスに広まってるあの話は、どこが本当で、どこが嘘なの」

わたしはもう、大北くんと話をしたことのなかった頃には戻れない。

だったら、知りたい。教えてほしい。彼の口から。

大北くんは目を丸くして足を止めた。わたしも同じように立ち止まり彼を見上げる。

「ななは、俺の言ったことを信じられんの？　俺は嘘を言うかもしれねえぞ」

「大北くんは嘘が下手《へた》だから」

ぷっと噴き出して答えると、大北くんはバツが悪そうに目をそらす。拗《す》ねてしまった。

「脅してないしつき合ってもない、けど、ふたりで出かけたのは本当」

「そっか」

それだけ教えてくれたら充分だ。短い説明だったからこそ、納得ができた。

再び歩きだそうと足を踏み出す。

けれど、大北くんは立ち止まったまま遠くを眺めている。

「なあ、空ってひとつしかねえよなあ」

「は？」

「ずーっと同じ空なのに、毎日天気が違うのって、すげえよなあ」

いったいなんの話だ。

「繰り返していく中で、雨が降ったり晴れたりするのと同じように、たぶん、俺らもそんな感じで過ごしてるんだろうなって思ったりしねえ？」

「……しないけど」

「それは、なながが過去のことを気にしてるからじゃねえの」

否定はできないけれど、そういう話なの？

眉間《みけん》に皺《しわ》を寄せて首を傾ける。大北くんの言葉の意味を理解しようと頭を捻《ひね》るも、さっぱりわからない。

「二十四時間って一日を過ごしてるだけなんだよな。その日事件が起こったとしても一日は一日だ。俺は俺だし、それをこの傘みたいなもんでやり過ごせばいいんだよな」

「詩？　哲学？　ポエム？」

真剣に訊いたのに、大北くんは目を丸くしてから「ぶはは」と勢いよく噴き出した。

「なんで笑われるの！」

「いや、悪い悪い。まあなんつーか、俺は、もうべつにどうとでもできるってこと」

どうしよう、話が全然つなげられない。

頭の中がパニック状態であることを察した大北くんは「こういうことかな」と言って傘

から手を離した。

「え？　ちょ、ちょっと！」

頭上にあった傘がなくなり、体が雨に打たれる。

少し雨脚は弱まったとはいえ、すぐに制服が水を含んで重くなっていく。傘は風にさらわれて、地面に落ちては浮いてを繰り返しながら離れていった。

「今のななは、自分でなにもしてないからびしょ濡れってことだよ」

「意味わかんないことばっかり言ってないで！　どうでもいいから傘！　傘！」

小さくなっていく傘を指さすけれど、大北くんはケラケラと笑ってひとり歩きだした。楽しそうに、雨の中で軽いステップを踏みながら。

彼の髪の毛からしずくが舞う。それがなぜか、彼の涙に見えた。


なにもしなければ、濡れる。

だから、傘をささなければいけない。

自分を守るためには、自分で動かなければいけない。


大北くんの話を、わたしはちゃんと理解できていないだろう。空がひとつであっても、雨が降っても雪が降っても、雷が落ちても、だからなんだというのか。

だけど、雨を浴びていると、なにもしていないからびしょ濡れだと言った理由は、少しだけ感じることができた、気がする。

今のわたしは、まさしくこの状態なのだろう。

傘をささずに、目をそらして諦めている。だから、ずっと体が濡れたままなのだ。

——『なな』

やさしい、大好きだった人の笑みが、大きな手が、脳裏《のうり》に蘇《よみがえ》る。

でも、それならば。今、大北くんが濡れているのはどうしてなの。

彼も濡れてみたくなっただけなのか。自分でどうとでもできると、そう言ったのに。それをしないのはどうしてなの。

「たまにはこういうのもいいいな」

大北くんは雨を全身で受け取るように大きく手を広げて、空を仰《あお》いだ。

そして、わたしを見て朗《ほが》らかに笑った。

彼を、無性に抱きしめたくなる。抱きしめて、彼を雨から少しでも守りたい、と。

ただ、残念なことにわたしも濡れているので意味はないだろうけれど。

4　四回まわった青空から雨

ぱんっと傘を開くと、降り注いでいた雨がぱちんと弾けた。

土曜日の空は、雨のち曇り、らしい。

午後から雨がやむのであれば自転車に乗りたいところだけれど、昨日制服をびっしょりと濡らしてしまったので、今日はやめておいた。

母親はすでに仕事に出かけたあとなので、玄関の鍵《かぎ》を閉めてから学校に向かう。

昨日はあれから、わたしと大北《おおきた》くんは雨の中いそぐこともなく、歩いて帰った。大北くんが家まで送ってくれたのでタオルと傘は渡したけれど、あれだけ雨に打たれていたら意味がなかったかもしれない。

ふと雨がやんだ気がして傘の下から頭上を覗《のぞ》く。と、雲間から太陽の光がキラキラと注いでいた。

学校までの道のりはまだまだある。

濡れた地面が歩くたびに水音を鳴らした。

昨日の帰り道はあっという間だったけれど、今日は、遠く感じるだろう。

のんびり歩きすぎたのか、教室に着くとわたし以外のみんなはすでに席に座っていた。

「おはよ、ふたりとも」

若尾《わかお》くんと落合《おちあい》くんに声をかけると、ふたりは同時に顔をあげた。

四日目の朝。今までこうして若尾くんや落合くんに挨拶《あいさつ》をしたことがなかったな、と気づく。でも、なぜかこれが当たり前のような、自然さもあった。

大北くんは――。

「元気そうでよかったな。バカは風邪《かぜ》ひかないってことか?」

わたしを見て、白い歯を見せた。

「それは大北くんのことでしょ」

どうやら彼も元気のようだ。言いかたはさておき、大北くんもわたしの体調を気にかけてくれていたらしい。安堵《あんど》を隠しながら軽口を叩き自分の席に向かう。

「怜《れい》ちゃん、おはよう」

「え、あ、うん」

机に鞄《かばん》を置いて声をかけると、怜ちゃんは大げさなほど体を震わせた。

なんとなく、そわそわして落ち着きがない。なにかを気にしているのか、しきりにスマホを手にしてきょろきょろと視線をさまよわせる。

どうしたんだろう。

「おー、そろったな、えらいえらい」

口を開きかけたわたしを止めるように、担任が勢いよく教室に入ってきてテンション高めに叫ぶ。五人がそろっていることがうれしいらしく上機嫌だ。

掃除《そうじ》ってどこをさせられるのだろうか。

どきどきしていると、担任は窓をあけて「お、雨やんでるな」と言った。

「じゃ、グラウンドのすみの草むしりをやってくれ」

まさか外の掃除をさせられるだなんて思ってもいなかった。

「そんなの野球部とかにやらせろよー」

「真面目《まじめ》な野球部にそんなことさせられないだろ。サボったやつがするべきだ」

大北くんの愚痴《ぐち》はすかさず一蹴《いっしゅう》される。

雨上がりは湿度が高く、この時期は蒸し暑くなる。おまけに地面はぬかるんでいるから制服が汚れてしまうだろう。体操服に着替えたいけれど、持ってきていない。前もって言ってくれたらよかったのに。

雨がやまなかったら校内の拭き掃除の予定だったらしい。モップを濡らして絞《しぼ》って、それで廊下《ろうか》や教室を移動しながら汚れを拭き取っていく。重いモップを持って校内を動き回るのもなかなかしんどい。草むしりと拭き掃除。どっちもどっちだった。

「文句言ってると、一日中させるぞ」

「何時までやるんすか?」

抵抗するのを諦めたのか、大北くんが頬杖《ほおづえ》をつきながら訊く。

「昼まででいいぞ。残ってやりたかったらやってもいいけど」

軽い口調で昼までだと言っているけれど、三時間もある。

それじゃあ行くか、と担任は意気揚々《いきようよう》と教室を出てわたしたちを案内した。

道路に面して高いフェンスが立っているそこは、たしかに好き勝手に雑草が生い茂っている。わたしの膝が隠れるかもしれないくらいに背が高い。

とはいえ、べつに放っておいてもいいのでは。

「とりあえず中央のほうに生えているぶんからやってくれ。はしのほうは時間があれば。昼までやってくれたら今日のところは勘弁してやろう」

担任が立ち去ってから、五人顔を見合わせて全員がため息をついた。

「終わり見えなくない？」

渋々腰をおろし適当に草を摑《つか》んで引っこ抜くと、ぶちぶちと音が鳴った。これを数回繰り返したけれど、雑草は数え切れないほどある。目視では減ったようには当然思えず、むしろ増えていても気づかない。

「まああ、やってりゃ終わるよ」

落合くんは前向きに草を抜いていく。

しゃがみ込んでいると足腰が痛くなるので、適度に立ち上がり背を伸ばしながら黙々と作業を進めた。

「おい、なな、これ見ろよ。きれいに抜けた」

「……すごいねー」

根っこからずるりと引き抜いたらしく、大北くんがそれをわたしに自慢げに見せる。冷めた返事をすると「自分がうまく抜けないからってひがむなよ」とふんぞり返られた。

「そんなことでひがむわけないし。わたしだってそのくらいできるし」

「じゃあやってみろって。けっこうむずいから」

絶対できないと思われている。

そこまで言うなら、と本気をだして草を摑む。そして力を込めて勢いよく抜いた。

「ほら、できねえじゃん」

「ちょ、ちょっと調子が悪いだけ」

ケラケラと笑われるほど、ひどい状態だった。草をちぎっただけのようなありさまだ。

すぐにべつの草を引き抜くけれど、それも途中で根が切れてしまった。たしかに難しい。

大北くんのはあんなにもきれいだったのに、なぜだ。

たまたま土がやわらかくなっていただけなのでは、と思ったけれど、ぬかるんでいる場所に生えているものもわたしにはうまく引き抜けなかったし、大北くんはかたい土のものもするりと抜く。どうやら完全にコツを摑んだようだ。

くやしい……。わたしのなにが悪いんだろう。

「まっすぐ抜いてみたら？」

やり取りを見ていた若尾くんが隣から助言をくれた。なるほど、と意識してまっすぐ引き抜くと、さっきよりもうまくいったので「みてみて！」とみんなに自慢する。

「青谷《あおたに》、オレより下手《へた》だな」

「私も、もうちょっときれいにできてる……」

落合くんと怜ちゃんにまでそんなことを言われてしまう。

わたしだけができていなかったのか。ショックを受けて若尾くんを見ると、わたしに教えてくれただけあり、大北くんに負けず劣らずのきれいさだ。

「なんで！」

「うはは、なな、不器用すぎるだろ」

大北くんは豪快に笑って、わたしを指さす。

「すぐにできるようになるし」

「まあ頑張れ」

くやしくて、次から次へと雑草をむしった。

たかが草むしりだ。なのに、夢中になってしまう。さっきまでいやでいやで仕方なかったのに、抜いても抜いてもなくならないことに安堵するほど真剣に取り組んだ。

軽口を叩き合い、笑いあい、競争する。それが、草むしりを楽しい作業にかえてくれた。

いつの間にか太陽の光がわたしたちを照らしていて、汗が滲《にじ》んでくる。

制服のスカートが汚れることも、気にならなくなっていた。

「ほら！　できた！」

どのくらい時間がたったのか、渾身《こんしん》の草むしりを披露すると、

「なにしてんの」

と、訝《いぶか》しげな声が外から聞こえてきた。

振り返ると、フェンスを挟んだ道に、神木《かみき》くんと、いつも一緒にいるふたりの男子が並んで立っている。わたしたちを見て、呆《あき》れたような顔をしていた。

「神木くん、なんでここに?」

停学中だったので外出は禁止されていたのでは。

と思ったところで、停学は三日間だったことを思いだす。つまり、今日からは出歩いても大丈夫なのだ。とはいえ、なぜ学校に来ているのだろう。

「おれらが主犯だってことで、反省文を書かされたんだよ。今日提出」

神木くんは手元の鞄を持ち上げる。

なるほど。土曜日の今日を提出日にしたのは、土曜日になってさっそく遊び回らないようにするためだろう。

「にしても、三日間で仲良くなってんじゃん」

近づいていくわたしの背後を、神木くんが一瞥《いちべつ》する。

なんだか、いやな言いかただなあ。

「仮面友だちしかいない平岡《ひらおか》に委員長に若尾、それに大北まで。災難だったな、青谷」

みんなに聞こえないようになのか、神木くんは小声で言って、そばのふたりと喉《のど》を鳴らして笑った。

わたしは、神木くんとはそれなりに仲良くしていた。だからこうして話しかけてきてくれるのだろうし、わたしのことを悪くは言わない。

だからといって、同じように笑う気にはなれない。

神木くんって、こんなふうにいつも人のことをバカにしていたのだろうか。多少口が悪いところはあったものの、明るくて、クラスのムードを盛り上げてくれるような、そんな人だと思っていた。

今までわたしは、表面的な部分しか見ていなかったのだろう。

神木くんのことも、ここにいる、四人のことも。

「そんなことないよ」

ぎゅっと拳を作って、反論する。

「青谷は転入してきてまだ日が浅いから、わかってねえだけだって」

「三日も一緒にいたんだから、そんなことないよ」

「たった三日だろ」

神木くんの発言や口調に、くやしさを抱く。

「怜ちゃんはしっかりしてるだけだし、落合くんも仲間思いが強いだけ。若尾くんもおとなしいけどすごくやさしいし……大北くんだって、普通の、クラスメイトだよ」

できるだけ笑顔で、できるだけ自然に口にするように心がけた。

神木くんにいらだちを感じる。でも、わたしは神木くんのことを嫌いなわけじゃない。今まで教室でよく話をして笑いあっていた関係だ。仲違《なかたが》いをしたいわけじゃない。

けれど、神木くんは茶色の髪の毛を不満げに揺らして顔を傾けた。そして、鋭い視線でわたしを見つめる。

「若尾と仲良くなったんだ？」

「え、や、まあ……」

仲良くなった、という表現が、わたしと若尾くんのあいだにふさわしいのかどうかはわからないけれど、以前よりも、という意味を込めて否定はしなかった。

「よかったなー、若尾」

神木くんは、わたしの背後を覗《のぞ》き見るように顔をずらして大きな声で若尾くんに呼びかけた。振り返ると、若尾くんはおどおどとした表情で固まっている。神木くんに向けられた双眼が、不安げに揺れている。

「おれらのこと、警察にチクったおかげでおれらを教室から追い出してよ。で、はみ出しものばっかりの教室で仲間を見つけて友だちごっこかよ。よかったじゃねえか」

はみ出しものばっかりの教室。

神木くんは、わたしのことも内心ではそう思っていたのだろうか。

「神木！　やめろよ！」

誰もなにも言えないでいると、落合くんが飛び出てきた。

「なんだよ、委員長には関係ねえじゃん」

「若尾がそんなことするはずないだろ。神木だって昔は——」

「うっせえな！」

落合くんの言葉を遮《さえぎ》り、神木くんが声を荒らげる。

険悪なムードにどうすればいいのだろうかと、大北くんと怜ちゃんに視線を向けた。けれど、ふたりは冷めた目で神木くんを見つめている。そして、怜ちゃんは呆れたように肩をすくめて草むしりを再開した。

「根拠ならあるんだよ。あの日酒を買いにいったのは若尾で、あいつが戻ってくる前に警察がやってきておれらは見つかったんだからな」

「たまたまだろ」

「だったら、ほら、見ろよ若尾の顔」

神木くんが顎《あご》をしゃくって若尾くんをさす。

みんなの視線を集めた若尾くんは、ひどくおびえていた。俯《うつむ》いて、唇に歯を立てて、かすかに体を震わせている。

「あの態度が証拠だろ」

まさか、本当に若尾くんが？　嘘でしょ。いや、まさか。

「……で、でも」

それでも落合くんは引こうとはしなかった。さっきよりも自信なさげな口調から動揺《どうよう》しているのはわかったけれど、それでも、認めようとはしない。

どうして、そこまで若尾くんを信じる——いや、守ることができるのだろう。

わたしだって若尾くんを疑っているわけではない。けれど、一度揺らいでしまった気持ちは、そうたやすく立て直すことができない。

なのに、落合くんは、すぐにできる人なんだ。

「誘われもしなかった委員長には、わかんねーんだよ」

その言葉を発すると同時に、神木くんたちはぎゃはは、と笑いだした。

「誰だよ、誘わなかったの」

「知らねーよ。全員だろ？」

「仲間じゃねーか、ひっでーな」

華《はな》から聞いた話では、声をかけないように言ったのは神木くんたちだったはずだ。

なのに、こんなふうに笑いものにするなんて。しかも今まで落合くんがよく口にしていた『仲間』という言葉までだすなんて。完全にバカにしている。

「ちょ……」

「青谷、いいから」

くってかかろうとするわたしを止めたのは落合くんだった。落合くんは、今にも泣きそうな顔で首を左右に振る。

なんで。こんなのむかつくじゃない。なんで怒らないの？

「じゃあな」

神木くんたちは満足そうに去っていく。

その背中を睨《ね》めつけることしか、わたしにはできなかった。

──わたしだって、同じように思っていたくせに。

だからこそ、落合くんの制止を振り切って、神木くんたちに立ち向かうことができなかった。そんな自分がくやしい。そして、恥ずかしくてつらい。

「お前、チクったの？」

自分と神木くんへのくやしさに耐えていると、背後から大北くんの声が響く。

「……あ、う……いや……」

若尾くんは目を泳がせて、おどおどと縮こまりながら、歯切れの悪い返答をする。

「どっちだってお前の印象なんかかわらねえから。わかんねーのって気になるんだよ」

大北くんらしい言いかただ。

真実でもそうでなかろうと、大北くんにとっての若尾くんはかわらない。それを、自然に口にできる彼が羨《うらや》ましくなる。

みんなが、若尾くんの言葉を待った。

それがわかったのか、彼はゆっくりと口を開き、話しはじめる。

「……もう、これ以上はいやなんだ」

震えていた声は、次第に力強い声へとかわっていく。

「毎日、絡まれて……学校なんて大嫌いだ！　それも神木くんたちがいるから！　みんなバカにするから、みんな、いなくなればいいって――」

瞳に涙がたまっていく。だけど、それはこぼれることはなかった。こぼれ落ちないように必死で耐えている若尾くんを見ていると、わたしがかわりに泣きたくなる。

「もう……お小遣いなんてなかったんだ」

強く拳を握りしめる。若尾くんのズボンがぐしゃりとつぶされる。

「ノート見せるとかなら、かまわない。だけど、ジュースとかパンとか買わされて、お金がなくなって。それを言ったら……親から盗《と》ればいいって」

　お昼を買いにいかされていたところは見たことがある。けれど、その代金をすべて若尾くんが払っていたなんて。

　知らなかった。知ろうとしなかった。知りたくなかった。

「お父さんとお母さんに迷惑かけるなんて、いやなんだ……そのためならって、あの日、お酒を買いにいかされる途中で──見回りの警察の人に……」

　もういいよ、と口にだしかけたときだった。

「いや、親のためじゃなくて、自分のためだろ?」

　大北くんの冷たい声が、響く。

「望《のぞむ》……!」

「だってそうだろ? 親のためとか言ってるけど、それって結局親を巻き添えにしたくないっていう自分のためだろ? そう言えばいいじゃん」

　大北くんの言葉を咀嚼《そしゃく》して首を捻《ひね》る。そうなのかもしれない。いや、でも。

　落合くんも同じ気持ちなのか、言葉を詰まらせて思案するように眉根《まゆね》を寄せる。

「親のためとか、そんな言葉で誤魔化《ごまか》すなよ」

「ち、が」

消えてしまいそうな若尾くんの声を無視して、大北くんが「あ」とフェンスの先を見た。

「あいつら戻ってきたぞ」

確認すると、校門のほうからこちらに歩いてくる神木くんたちの姿が見えた。職員室にいた担任に反省文を渡したのだろう。またわたしたちのそばを通りすぎる彼らに、今度はなにを言われるのかと身構えてしまう。

「俺はどっちでもいいんだよ」

大北くんはそう言って、すみにあった水道の前にしゃがんだ。そして、そばにおいてあるホースを摑《つか》む。

なにをするつもりなのか。

じっと見ていると、ホースを蛇口《じゃぐち》に差してから栓《せん》をまわす。

「誰かのためにって誤魔化して復讐《ふくしゅう》するのは面倒くさくねえか?」

振り返り、にやりと笑う大北くんはひどく楽しそうに見えた。

まさか……。

「ちなみに今からすることは、俺のためにやるからな」

手にしたホースをフェンスに向ける——と、目の前に虹が浮かんだ。

勢いよく飛び出したその水は、わたしと落合くんの前を素通りして神木くんたちに命中する。びしゃびしゃびしゃと、水が地面に落ちて跳ねる。

「おい！　わ、うわ！　なにすんだ、よ！」

手で水を塞《ふさ》ごうとするものの、神木くんたちはびしょびしょに濡れていく。できるだけ離れようと後ずさりするけれど、大北くんの放つ水は彼らを追いかけた。

ぽかんとするわたしたちをよそに、大北くんは「ぶははは」と大声をあげる。それはもう、楽しくて楽しくて仕方ないのだと言いたげに。

しばらくして満足したのか、大北くんは手を緩《ゆる》めて水の勢いを止めた。そして、ふーっと、やりきったあとのすがすがしい顔で額の汗を拭《ぬぐ》う。

「大北、おま、え」

「なに？」

濡れた髪の毛をかきあげた神木くんは、見るからに怒っている。けれど、大北くんはそんなものにまったく怯《ひる》まなかった。むしろ、どこか怒りを孕《はら》んだ冷たい返事に、神木くんたちの覇気《はき》がなくなる。

「なんか文句あんの？」

「……も、文句って。人に水かけておいて……」

「俺が水撒《ま》いたところにたまたまお前らがいただけだろ」

三人はバツが悪そうに目をそらし、無言でそそくさと逃げるように去っていく。

さすが大北くんだ。

完全に大北くんが悪いのに、それに文句を言わせないなんて。

「しょっぽいな」

大北くんはどこか残念そうだった。

もしかして、ケンカをしたかったのだろうか。

「望くん、なんで……あんなこと」

「面白いから」

戸惑う若尾くんに、大北くんはあっけらかんと言ってホースを投げ置く。

「俺がむかついたからやっただけで、お前のためじゃねえからな。あと、お前はやり返すのは向いてねえ」

「この前はやり返せって……」

「やり返して後悔《こうかい》するなら、やんねーほうがいいってことだよ」

若尾くんは意味がわからない、と言いたげだ。

そんな彼に、大北くんは「俺は俺のためにやっただけ」と言って若尾くんの肩に手をのせた。そして、「見てて気分よかっただろ」とにやりと口の端をあげる。

若尾くんは少し迷って、そして、「……うん」とうれしそうな笑顔を見せた。

それはきっと、神木くんたちを困らせたからじゃない。たぶんだけど、大北くんの気持ちがうれしかったんだと思う。自分のことで、怒って、笑ってくれることが。

「ほんと、めちゃくちゃするなあ、望は」

「羨《うらや》ましいだろ？」

落合くんが呆《あき》れ気味に笑うと、ドヤ顔で大北くんは言った。落合くんは少し眉をさげて「ああ」と小さな声をだし、うれしそうとも悲しそうとも言える表情を見せた。

わたしは、ただ、それを見ていただけ。

わたしも、数日前は神木くんと同じ場所にいたのに。

「――大北くん」

ぐっと歯を食いしばってから、大北くんに声をかけた。

なにもできない自分がくやしい。

若尾くんのために前に出ることができない。落合くんに、なにもなかったかのように話しかけることも。

それは、全部自分に返ってくるから。だから。

「わたしにも水、ぶっかけて！」

「いいけど」

抵抗することなく、大北くんはすぐさまホースを手にしてわたしに向けた。

手加減もなければ、遠慮《えんりょ》もない。勢いよく水がわたしを襲ってくる。思わず顔を背け、一歩さがって避けたくなったけれど、踏ん張った。

「な、にしてるの？」

怜ちゃんの驚いた声だけが聞こえた。大北くんや若尾くんや落合くんがどんな顔をしているかは、さすがに目をあけていられないからわからない。

制服が水を含んでずっしりと重くなる。外での作業だからと、念のためスマホを教室に置いてきてよかった、とどうでもいいことを考える。

数秒だったような気もすれば、数十分だったかのような気もする。無意識に息を止めていたらしく、ごふっと咳《せ》き込んだところで水が止まった。

思った以上に、すごいダメージだ。

よろめきながら顔を拭い、目をあける。スカートをぎゅっと絞《しぼ》って水をぼたぼたと落としたところで、四人がぽかんとわたしを見つめているのに気がついた。

わたし以外の時間が止まっているのかと思うほど、みんなは動かない。

「え？　なに？」

なんで固まっているのか。――と、思った瞬間、どっと四人が一斉に笑う。

「なな、ほんっとアホだな！」

「なに、してんだよ青谷」

「ふ、ふふ……」

大北くんはもちろん、落合くんも若尾くんでさえも。

なんで笑われているのかよくわからないけれど、あまりに楽しそうなので、なぜかわたしも楽しい気分になってくる。本当にわたしはアホなのかもしれない。

「どうしたの？　急にびっくりしちゃった」

やさしい微笑《ほほえ》みと、きれいなハンカチをわたしに差し出してくれた怜ちゃんに「あー、ちょっと、自分に、仕返し」と言った。

わたしも神木くんとなんらかわらない。そんな自分に、自分でやり返したかった。そうでないと、若尾くんや落合くん、大北くんや怜ちゃんにたいして、友だちのように振る舞うのは卑怯《ひきょう》な気がしたのだ。

わたしは、神木くんを最低だと非難することはできない。

この三日間がなければ、わたしはきっと彼と同じように思いながら、みんなを見ていたはずだ。彼のように口にして、行動に移していなかっただけ。さっき水を浴びせられたのは、わたしでもおかしくない。

それを、このまま過去のこととしてやり過ごせない。

せめて、水でちゃんと洗い流さなければ。

「ほんと、青谷はバカだなあ」

複雑な笑顔で落合くんがわたしに声をかける。「はは」と声にだして笑うと、「風邪《かぜ》ひくなよ」といつものお節介《せっかい》な〝委員長〟の顔になった。

暑かったので涼しくなった。けれど、このあとどうやって家に帰ればいいだろう。後先考えずに行動しすぎてしまった。昨日も制服を濡らして、今日もこの格好。母親に小言《こごと》を言われるのは確実だ。

けれど、気分はとびきりいい。それが、うれしい。

「――う、わ！」

へへ、とはにかむわたしの目の前にいた落合くんに、突然水が襲う。

一瞬なにが怒っているのかわからず、目を瞬かせた。

水の中に閉じ込められる落合くんは、手でなんとかそれを払おうとする。

「な、なにすんだよ！」

「ぶはは！　気持ちいいだろー？」

大北くんが軽やかな足取りで動き回りながらホースを落合くんに向けている。

すぐにわたしと同じくらい濡れた落合くんは、「望《のぞむ》うー」と情けない声をだした。その姿に思わず噴きだしてしまう。

調子にのったのか、大北くんはホースの先を空に向けた。

放出された水は、雨のようにわたしたちに降り注ぐ。

「ちょっと！　やめてよー！」

「わ、うわ！」

わたしと落合くんはもういまさらなので、逃げることなく水を受け止める。けれど、若尾くんと怜ちゃんは逃げるように走り回る。大北くんはより楽しくなったらしく、ふたりを追いかけながら自分も濡れていく。

そこら中が水浸しだ。

わたしたちのまわりだけ大雨が降ったみたいに地面がぬかるんで、ところどころに水たまりができている。その中に、青空が切り取られたかのように映しだされていた。

午前中に雨が降ったなんて嘘みたいに晴れ渡った空。

水が光を反射させて、わたしたちのいる場所を輝かせる。

なんでこんなことになっているんだっけ。

いつの間にか五人ともすっかりびしょ濡れ状態で、どうでもよくなってきて順番にホースを手にしてあたりに水を撒き散らす。

虹がいくつも浮かんでは消えていく。

水たまりにジャンプして泥水が弾ける。

そんな些細《ささい》なことに、みんなで喜んで、笑った。


「はー、もう、最悪」

泥だらけになった制服に、怜ちゃんがため息をつく。けれど、その表情はどこかすっきりしていた。

「……私も、神木と同じように若尾たちのことを思ってたのかも。ずっと、どうでもいい、私には関係ないって見て見ぬふりしてた。その理由は〝いじめられても仕方がない〟って、思ってたからなのかも」

空を仰《あお》ぎながら怜ちゃんが小さな声で言った。それにたいして「うん」と曖昧《あいまい》な返事をしてわたしも上を見る。

「こんなに、はしゃぐの、私はじめてかも」

「たしかに怜ちゃんのそんな姿、誰も見たことないかも。わたし得したなー」

「なにそれ」

ふっと口元を押さえて、怜ちゃんが目を細める。

と。

「──怜子……！」

びりびりと体が震えるほどの大きな声に、怜ちゃんの表情が凍りついた。

なにごとかと振り返れば、さっき神木くんがいた場所に、今度はおじさんとおばさんがフェンスを摑《つか》んで目を瞠《みは》っていた。

怜ちゃんの名前を呼んだ、ということは、怜ちゃんの両親だろうか。

「お前はなにをしているんだ！」

鬼の形相《ぎょうそう》でおじさんが叫んだ。耳に響く怒声にわたしの体まで強《こわ》ばってしまう。

おじさんはすぐに踵《きびす》を返して校門に向かっていく。おばさんはその場で額に手を当てて大きなため息をついた。まるでわたしたちに聞かせるように。

「な、なんでここに……？」

「部屋に教科書置いていたから、困ってるんじゃないかと思って、買い物に行くついでに持ってきてあげたのよ。今日は学校で自習をする、なんて言っていたから」

怜ちゃんが声を震わせて訊くと、おばさんは冷たい声で答える。

突き放したような言いかたに内心驚きつつ、怜ちゃんが今日学校に来る理由をそんなふうに伝えていたことに疑問を抱く。

なんで、嘘をついたのだろう。

隣にいる怜ちゃんを一瞥《いちべつ》すると、顔を紙みたいに真っ白にしていた。ひどくおびえるその様子に、ただごとではないことを知る。ただ、なぜかはわからない。

「さっさと帰るぞ！」

校門からグラウンドに入っていたおじさんが、背後から怜ちゃんの腕を思い切り摑んだ。痛みに顔を歪ませた怜ちゃんに気づいているのか、それともどうでもいいことなのか、おじさんはお構いなしに怜ちゃんを引きずるようにして帰ろうとする。

ど、どうすればいいのだろう。

引き留めたほうがいいような気がする。けれど、わたしが口を挟んでいいのだろうか。それに、おじさんはかなり憤慨《ふんがい》していて、怖い。足がすくむ。

「お、おとう、さん……まっ……」

「親に嘘をついて、こんなところで遊んで……！　恥ずかしい！」

怜ちゃんの声をかき消すおじさんの怒鳴り声に、わたしの体が萎縮《いしゅく》する。

たしかに、嘘をついたことはいけないことかもしれない。でも、なんらかの理由があるはずだ。それを聞くくらいしてあげてもいいのに。

それに、なにも知らないわたしにも、わかることがある。

嘘をついていなかったら、ここに怜ちゃんはいなかっただろう。

昨日、今日の出席が決まったときに、ひどく困っていた怜ちゃんを思いだす。

「恥ずかしいってなんだよ」

大北くんの声に、おじさんが足を止めた。

声の主を確認するように、眉間《みけん》に皺《しわ》を刻んだ険しい顔で振り返る。そして、不躾《ぶしつけ》なほどまじまじと大北くんを見つめてから鼻を鳴らした。

「こんな人目につく場所で、濡れて遊んでいることを恥ずかしく思わないほうがおかしいだろう。十六歳にもなって子どもみたいに」

「そんな怒んなよ。ちょっとくらいいいじゃん。恥ずかしいのは俺らなんだし」

「自分の子どもがそんなことをして恥ずかしいと思わない親はおかしいんだ！」

おじさんの顔は、興奮しているのか真っ赤になっていた。

感情的になっているようで、話ができそうにない。なんとなく、頭からわたしたちの話を聞く気がないようにも見える。

おじさんと対照的に、大北くんは落ち着いていた。大人が怒っている姿にまったく動じていない。それに気づいたのか、おじさんは目を閉じて数回の深呼吸をする。

そして、再び開いた双眸《そうぼう》でわたしたちを順番に見た。

品定めをされているような不快感を抱く。

「こんな子たちと一緒にいることがそもそも恥ずかしいんだよ」

「――な」

こんな子たちって？

思わず声をだしたわたしに、おじさんは侮蔑《ぶべつ》をあらわにして片頬《かたほお》を引き上げる。

「我が家はきみたちの家のように、放任主義ではないんでね」

その言葉は、わたしと大北くんに向けられていた。

放任主義って誰のことだ。

もしかして、ひとり親だからだとでも言うのだろうか。

ここは狭い田舎《いなか》だ。なので、簡単に他人の家庭事情を知ることができる。きっと、離婚してこの町に引っ越してきた母のことを知っているのだ。

だからってなんで放任主義だと決めつけられなきゃいけないのか。

たしかに以前よりも母は仕事で家をあける時間が長くなった。でも、帰宅が早い日や休みの日はわたしの好物を作ってくれる。そもそも働いているのもわたしのためだ。私立の大学でも通えるようにと。田舎だから夜道を帰らせるのは危ないと言って、バイトをしないでいいようにお小遣いもくれる。今日なにがあったのか、いつだってわたしに訊いてくる。悪いことをしたらとことん叱《しか》ってくれる。

それのどこが、放任主義なんだ。

それに、大北くんの家を勝手に決めつけているのも気に入らない。

大北くんからの話を聞けば、彼の家が放任主義じゃないのはあきらかだ。

なにも知らないくせに。知ろうともしないで、決めつけて勝手なことを。

吐き出したい文句は次から次へとあふれ出てくるのに、怒りとくやしさが体の中でぐちゃぐちゃにまざりあって、言葉にすることができなかった。

大北くんがなにも言わないのも、きっと同じ理由だ。

ただ、おじさんを睨《にら》む。

おじさんは勝ち誇ったような顔をしてから背を向けて帰っていく。怜ちゃんは申し訳なさそうにわたしたちを見て俯《うつむ》いた。

「なんなのよ、あれ」

やっと声を発することができたのは、怜ちゃんが車に連れ込まれそのまま去っていったあとだった。

「平岡さんの家が厳しいって、本当だったんだ、ね」

「だからって！　なんなのあのおじさん！」

怜ちゃんのお父さんなのであまりひどいことは言いたくない。けれどこれは無理だ。

若尾くんも落合くんも茫然《ぼうぜん》としている。

「ま、俺の噂《うわさ》が原因だろうな。悪いな、ななまであんなふうに言われて」

「大北くんのせいじゃないでしょ。あの人が勝手に勘違いしてるだけじゃん！」

歯ぎしりをしているわたしの隣に大北くんが並ぶ。思わず振り仰《あお》いで声を荒らげた。

「わたしのことはいいんだよ、むかつくけど！」

めちゃくちゃむかついたけれど、でも、それはいい。

だって、わたしは母があの人の言うような放任主義ではないことをわかっている。あんな人にわかってもらわなくたっていい。

いや、できれば文句を言いたかったけれど。でも。

「たとえ大北くんの噂が原因だとしても、あんなふうに面と向かって勝手なことを言うなんて最低じゃん！　大北くんのことをよく知らないくせに！　えらそうに！」

「なんで俺のことでななが怒るんだよ」

苦笑した大北くんが、わたしの頭に手をのせた。

そのときになって、自分が涙を流していたことに気づく。いや、大北くんが笑ったから、涙がこぼれてしまったのかもしれない。

くやしい。とにかくくやしい。

神木くんがみんなのことを悪く言ったときもくやしかった。

だって違うことをわたしはもう、知っているから。

相手を見ようともせずに決めつける人がいることを、わたしは知らなかったから。

唇に血が滲《にじ》むほど強く歯を立て食いしばった。

「──わ!」

ぴしゃり、と横から顔面に水が飛んでくる。

「無駄に泣くなバカ」

無駄ってなによ。

涙なのか水なのかわからないけれど、濡れた顔を拭《ぬぐ》ってふてくされる。むすっとしたわたしに、大北くんは小さく頷《うなず》いた。

大北くんに慰められることが、申し訳なくなる。

そして、あんなことを言われた直後だというのに、わたしを気にかけてくれる彼に、胸の真ん中あたりがあたたかくなって、むずむずする。やさしげな眼差《まなざ》しに、居心地が悪くなる。

そんな目で見られると、どんな顔をすればいいのかわからない。引き締めておかないと、変な顔になってしまう。

「そろそろ戻ろうか」

落合くんが校舎にある大きな時計を見て言った。


まだ十二時前だったけれど、作業を再開する気になれず黙って職員室に向かった。

担任は、四人の格好に当然目を丸くした。遊んでいたことに軽く怒られたものの、帰宅許可が出たので教室に戻って鞄《かばん》を手にしてから学校を出る。

「怜ちゃんのこと、なにも言われなかったね」

校門を出て歩きながらぽつりと呟《つぶや》く。

制服はまだ水を含んでいるので、引きずるようにのろのろと歩いた。

担任が怜ちゃんの不在を訝《いぶか》しんでいたので、両親がやってきて帰ったことだけ説明すると、眉《まゆ》を寄せて項垂《うなだ》れた。そんなことになったのか、とぶつぶつ言って、わたしたちにはそれ以上なにも訊かなかった。

「平岡の親が厳しいっていうのは、みんなも先生もなんとなく知ってるから」

落合くんが苦笑しながら教えてくれる。

怜ちゃん自身から両親が厳しいというのは聞いていたけれど、あれほどだとは。

「そんなにひどいの？」

「学校に怒鳴り込むようなことはしない、と思うけど……何度か電話があったって聞いたことがある。なんでも誰かが平岡を非行に走らせるとか」

「非行ってなにか事件でもあったの？」

「友だちに誘われて、カラオケ行ったたって聞いたけど」

カラオケ？　なんでカラオケに行くことが非行につながるのだろう。

「危ない場所なんだってさ」

不良のたまり場だとでも思っているのだろうか。いつの時代の話だ。しかもこのあたりのカラオケなんて一軒しかない。なにかあれば顔見知りの店員がすぐに助けてくれるだろう。なのになんでだめなのか。

「平岡が今、あんまり遊びに誘われないのは、そういうことがあったからだと思う。もしかしたら知らないだけで、女子の間ではほかにもなんかあったのかもしれないな」

そうだったんだ。

「まあ、小学校の頃から毎日のように習いごとに通ってたしな。今も授業が終わったらすぐ帰ってるっぽいからいろいろやってるんだろうなあ」

「平岡さん……たしか、私立の女子校受験してたよね？　中学のとき、僕、平岡さんとそんな話をした、かも」

「そうそう。あの父親がこんな田舎《いなか》じゃだめだとかなんとか。でもまあ、落ちてオレらと一緒の学校に通ってるんだけど。大学のためにめちゃくちゃ勉強させられてるのかもな」

なるほど。

「……怜ちゃんは、どう思ってるんだろう」

あの怜ちゃんが嘘をついて親に禁止されているカラオケに行ったり、今日学校に来たことを考えると、少なからず遊びたいと思っているんじゃないかな。

あんなふうに水遊びをしていたことは、怒られても仕方のないことかもしれない。制服が汚れるし、夏前とはいえ、風邪《かぜ》をひく可能性もある。

でも、恥ずかしい、という理由で怒るのは、違う気がする。

「なんとか、ならないのかな」

「俺らが考えたって仕方ねーよ」

「そうだけどさ」

大北くんがひょいっと水たまりを飛び越えて言った。

「しゃーねーじゃん。あんなふうに思ってるおっさんに俺らがなに言っても無駄だよ。文句があればあいつが自分でなんとかするしかねーよ」

そりゃ大北くんだったらなんとかできるかもしれない。でも、みんなが大北くんのように振る舞えるわけではない。

思いを伝えるのは難しい。それが親であればなおさら。

できたらいい、と何度思っても。

「怜ちゃんのことだから、怜ちゃんがなんとかするしかないのはわかる。でも、ほんの少しでも、わたしたちにできることがあるかもしれないじゃない」

怜ちゃんがそれを望むなら、わたしはそうしたい。

「無駄無駄。あの頭のかたいおっさんは俺らの言葉になんて耳かさねえもん」

「なんで決めつけるの？」

「決めつけられてるんだから俺が決めつけたっていいだろ」

「へりくつじゃん」

「仮にあのおっさんが話を聞いてくれるとしても、話したこともねえのにあんな堂々と人を批判するようなおっさんとは、俺が話したくねえ」

「だからって」

足を止めて言い合いになるわたしたちを、隣にいた若尾くんがおろおろしながら交互に見る。落合くんは「なんでケンカがはじまるんだよ」と呆《あき》れた顔をした。

「大北くんがそんなふうに意地をはっているから、みんなに避けられるんじゃないの」

「知らねえよそんなこと。好きにすればいいよ、俺は気にしてねーもん」

「ちゃんと話せばわかってくれたり、わかったりできるのに……」

そばにいるのにもったいない。

「ななだって、できないだろ?」

不満げに呟いた台詞《せりふ》を、大北くんが拾う。

「離れたことでフラれた相手から、逃げてるんだろ」

「だから、それは違うってば」

「なにが違うんだよ。話してねえんだろ。ななも一緒じゃねえか。自分にできねえことを人に言ったって説得力はねえよ」

返す言葉がなくて、ぐぬぬと口をもごもごさせる。

大北くんの言っていることはちょっとずれているのだけれど、それでも、間違っているわけじゃないからだ。

　わたしは、逃げている。自分から連絡をせず、相手からの連絡を待っているだけ。待ったところでなんの連絡もないから、どうでもいいと諦めたふりをして傷つかないように自分を守っている。

　今までの友だちと、同じように。

「でも、……もう、離れちゃってるし……」

「メールも電話もできるのに？」

「で、でも」

　ああ、だめだ。言い訳にしかなっていない。できない理由ばかりを考えている。

「ななが、できるんなら、俺もしてやるよ」

　ふふん、と大北くんが頭上からわたしを見下ろす。

　――『できないくせに』

　そう言われているのがわかる。確信しているんだ。

「できるし！」

　そこまでバカにされては黙っていられない。できないわけじゃない、やらないだけだと自分に言い聞かせてスマホを取り出した。

今もまだ、連絡先を登録したままだ。

素早く名前を探し出し、表示させる。あとは通話ボタンをタップするだけだ。

「え？　マジで？　今すんの？」

わたしの行動のはやさに、さすがの大北くんも驚いたらしい。

若尾くんと落合くんは、わたしたちがなんの話をしているかはわかっていないだろうけれど、興味深そうにわたしを見ていた。

よし。よし、この勢いで！

と、思ったところで画面を落とす。そして、そっとポケットに戻す。

「って、おい！　かけろよ！　期待させといて！　できないのかよ！」

「ち、違うし！　こんな場所ですべきことでもないでしょ！　夜、夜するし！」

画面に出た名前を見て、通話ボタンを押す手が震えそうになった。それを悟られたくなかった。いや、みんなに見守られながらすべき話じゃない。今気づいたけれど。

「なんでだよ、ななががするって言ったんだろ。根性見せろよ」

しつこく絡んでくる大北くんに「もう、うるさいなあ！　できるし！　するし！」と言い返してスタスタと先を歩く。

結局、わたしは根性がないのだ。

大北くんの言うとおりで、それが見透かされているみたいでくやしい。

訊きたいことはたくさんある。たしかめたいことも。

それでも、それを言葉にすることができない。感情がぐるぐると渦巻《うずま》いて、なにもすくいあげることができない。ならば、なにもしないほうがいい。

だって、話をしたところで、なにもかわらないことを知っているから。

前進も変化もない。だから、諦めていた。

行動に移そうとしたことで、隠していた感情があふれる。捨てたはずの想いは、ずっと自分の胸の中に残っていた。

「会いに……行こうかな」

ここからなら、特急に乗って片道二時間か三時間のはずだ。金額はいくらになるだろう。毎月使うところがないので残ったお小遣いを机の中に貯めている。それで足りるだろうか。

ぼそっと呟くと、落合くんが「いいんじゃないか」と後押ししてきた。

「よくわかんないけど、電話やメールより、直接顔を合わせて話したほうがいいよ」

「なんなら俺らがついていってやろうか？」

「いや、それはいらない」

落合くんの意見には頷《うなず》いたけれど、大北くんの意見は即座に拒否する。

どうして大北くんたちと一緒に行かなければいけないのか。

「でも、やっぱり、そうだよね」

会えば、わたしの中にあるこの混沌《こんとん》から、一番聞きたいものをすっと取り出すことができるかもしれない。


わたしのことをどう思ってたの？　好きじゃなかったの？　大切じゃなかったの？

なんで、あんなことしたの。なんで、離れてしまったの。

どうして一度もわたしに連絡をしてこないの。

どうして、どうして、どうして。


でも、答えを聞くのはやっぱり怖い。

望んだものが返ってこなかったらどうしたらいいのか。そもそもわたしはどんな答えを望んでいるのか。そのとき、わたしはなにを思うのか。

もしかしたら、今のわたしの生活が崩れ落ちてしまうかもしれない。

「なな？」

無言で前を見つめるわたしを、大北くんが不思議そうに、少し心配そうに覗き込む。なんでもないよ、と言ってから「そういえば、ななって自然に呼びすぎ」と話題をかえた。

――『なな』

一度蓋《ふた》をあけると、なかなか閉めることができない。

「あ、僕こっちだから……」

「オレもー。じゃあなー」

若尾くんと落合くんが曲がり角で足を止めた。じゃあね、と互いに言葉を交わして手を振り別れる。大北くんは、わたしの隣に立ったままだ。

「大北くんって、家どこなの？」

わたしの家より学校に近いはずなのに。

「秘密。知りたいか？」

「いや、べつに知りたくはないけど」

そういえば、教室が五人になってからほぼ毎日大北くんと帰っているような気がする。

初日だけは別々だったっけ。なんだか、それも遠い昔のことみたいだ。

たった二日だというのに、こうして並んで歩いていることが自然に感じてしまっている。

「会いにいく場所ってどこ？」

「聞いてどうすんの。教えないし」

「元住んでたところだよな」

そうだけど……と警戒心をあらわにする。教えたことはないはずだけれど、知っていてもおかしくはない。もしかして本当についてくるつもりなのだろうか。

「ななはそいつに会ったら、怒る？　泣く？　許す？」

不思議な質問に「さあ」と曖昧《あいまい》な返事をした。

そんなの、わたしだって知りたい。

「どうなるのがいいんだろうね。わかんないけど、できれば、今の気持ちのまま向き合えたらいいな。どうでもいいって、そう、思っていたい」

その自信がないから、避けていたのだけれど。

「そうだな」

返事になっていないわたしの言葉に、大北くんはそう言った。

「俺も、できれば会いたくねえな」

「誰に？」

「村木《むらき》に」

それは、大北くんの友人の名前だった。

突き当たりに川が見えてきて、川沿いの道に入る。河原の草が気持ちよさそうに左右に揺れて、葉と葉がこすれる音が聞こえてきた。

「村木と、村木の彼女と、俺は、幼なじみみたいなもんだったんだ」

彼を思いだしているのか、大北くんが懐かしそうに目を細めた。

「村木はすげえやさしいっつーかお人好しでさ、だから、彼女をすげえ大事にしてた。でも、その彼女は中学に入ってからべつの男とつき合ってたんだよ」

予想外の話に、え、と声が漏《も》れた。

「たまたま俺が浮気現場に遭遇《そうぐう》して問い詰めたんだけど、ばらしたら傷つくのは村木だって言われて――俺村木に言えなかったんだよな。それが、変な態度になったんだろうな」

「それで誤解されたってこと？　え？　なんで？」

「その彼女が浮気がバレたときに俺のせいにしたから」

それを、村木くんが信じたって、こと？

「否定しなよ、それはおかしすぎるじゃん！」

「したよ。したし、村木もわかってたよ」

じゃあなんで、村木くんとやら本人が、みんなに言った話と違っているのだろう。

理解できないわたしを見て、大北くんが苦く笑った。

「わかってて、俺のせいにしたんだよ。彼女を守るために」

「……な、なんで」

「おまけに、俺と彼女が話してるところを誰かが見てたらしくて、それが真実になった」

だからって。だからって。

「村木はその直後引っ越して、彼女もここらで噂《うわさ》になっていづらくなったとかでべつの高校に進学したついでに引っ越した」

「そんなの、おかしいじゃない。なんでみんなもそんなのを信じたの？」

「そこは俺の評判のせいだろうな。むかついて村木を殴《なぐ》ったのは本当だし」

自慢げに言われても困る。

でも、きっとそこで大北くんは諦めてしまったのだろう。

自分を裏切った幼なじみ、嘘を信じて避けるようになったクラスメイト。

想像するだけで苦しくなる。

「宗太郎《そうたろう》に聞いた話なんだけど、あいつの家のじーちゃんが倒れて、父親が仕事を引き継ぐために引っ越したんだってよ。けっこう前から悩んでいたらしい。もしかしたら、彼女と別れるのを覚悟してたのかもな」

「そんなの関係ないよ、そんなの、大北くんのせいにしていい理由にならない」

はっきりと断言すると、大北くんは目を細めた。

「だな。俺だって今もむかついてるよ」

でも、と大北くんは前を見て歩く。

「なんで、俺には引っ越しのこと相談しなかったんだろう。なんで、俺のせいにしたんだろう。あいつにとって俺は、なんだったんだろう、ってのは気になるな」

ポケットに手を入れて、独り言のように小さな声で話を続ける。

きっと、大北くんにとっては、本当に大事な幼なじみだったんだなと思った。

「……訊きたいのに、会いたくないの？」

「答えを知ったら、このむかつきがなくなるかもしれねえ。それはなんか、くやしいだろ」

振り返り、無理して笑う大北くんに胸が締めつけられた。

大北くんはわたしを見て、わたしも彼から目を離さなかった。わたしたちのあいだに、生ぬるい空気と、妙な空気がまざりあうのを感じる。

「あー！」

それを一瞬でぶち壊す誰かの大きな声。

うるさいな、と大北くんとともに横を見ると、三人組のひとりがわたしたちを指さして立っていた。ここ数日大北くんに絡んできている先輩たちだ。

「どーもセンパイ」

「お前……ずっと逃げまくりやがって！」

みるみる顔が赤くなっていく先輩たちを見て、瞬間湯沸かし器みたいな人っているんだなあ、とどうでもいいことを思った。このままではすぐにケンカが勃発《ぼっぱつ》しそうだ。

目の前でケンカされるのはやっぱりいやだ。でも。

「先輩の件も、誤解なんじゃなかった？」と大北くんに耳打ちする。

「そうそう。一度噂になったからだろうな。よくあることだからどうでもいいけど」

じゃあ、先輩たちは完全に誤解しているってことだ。千恵《ちえ》ちゃんから直接話を聞いたと言っていたので、その千恵ちゃんが嘘をついている可能性が高い。っていうか間違いない。

「なにいちゃついてんだお前ら！」

いや、いちゃついてませんけど！

むっとすると、大北くんがわたしをやさしく押しやった。巻き込まれないようにだろう。

そして、近づいてくる先輩たちを睨《ね》めつける。大北くんの表情も引き締まった。

なんだってみんな、大北くんのせいにするのか。

ひとりでいるから、強いから、なにをしても大丈夫だと思っているのだろうか。

――こんなに、さびしそうにしているのに。

それでも、誰かを守ろうとしてくれるやさしい人なのに。

「ちょ、っと、待って！　待って待って！」

慌てて大北くんと先輩たちのあいだに割り込む。

「なんだよ、お前」

「大北、くんの、ただのクラスメイト、です」

ただの、は少し強調した。

今はそれよりも、ちゃんと話をするべきだ。大北くんの傷がまた増えてしまう。

「先輩たちは、誤解、してます」

「なんだよ誤解って。お前のほうが騙《だま》されてるんじゃねえの？」

「その、彼女さんに、もう一度訊いてみてください。真実は、違うと思います」

背後で大北くんが「なな？」と不思議そうにわたしの名前を呼んだけれど、聞こえないふりをして、振り返ることなく話を続けた。

「もう一度、たしかめてください」

「千恵がこいつに言い寄られて困ってたって言ってんだよ！　脅《おど》されてつき合わされたってな！　俺を振ったのも、こいつが好きだって言ったのも、だからだって」

「それでも、大北くんは違うって」

彼がそう言っている。

「お前が騙されてるんだろ！　千恵がフリーになった途端冷たくして、捨てたらしいじゃねえか！　そういう男なんだよ！」

「――わかんないけど！」

荒々しい先輩の声を遮《さえぎ》るようにわたしも叫んだ。

たしかにわたしは大北くんのことをよく知らない。言葉を交わしたのは四日前がはじめてで、それまではわたしもみんなの態度に合わせていたくらいだ。

でも、わたしはわたしの目で見た、わたしが接してきた大北くんを知っている。

「大北くんは、違うって言ってるから。わたしは、それが真実だと、思うから」

彼は嘘をついていないと思うから。

わたしはそれを信じられる。

信じてほしいと、大北くんがそう思っているのを感じるから。

「……なに言ってんだお前」

「もう一回、ちゃんとたしかめてみてください」

深々と頭をさげて先輩に頼む。

「なな、もういいから」

そんなわたしの肩に、大北くんが手を置いてやさしく言った。彼の言葉を無視して「お願いします」と頭を垂れたまま先輩たちに訴える。

しばらく、誰も口を開かなかった。地面を見つめていたので、みんながどんな顔をしているかはわたしにはわからなかった。

「わかったよ」

舌打ちまじりに吐き出された先輩の声に、弾かれたように顔をあげる。

「……この変な女に免じて、今日のところは見逃してやるよ」

それは、千恵ちゃんに話を聞いてくれるということだろうか。

ありがとうございます、とお礼を言うと、先輩たちは「そんなんじゃねえ」「じゃあな！」と不満そうに素っ気ない返事をしてから、わたしたちに背を向けた。

とりあえず、よかった。先輩たちが立ち去ってくれて安堵《あんど》のため息が漏《も》れる。

「ほんと、バカだな、ななは」

「ケンカしなくて済んでよかったね」

わしゃわしゃっと大北くんに髪の毛を乱された。

「これで、俺が嘘ついてたら、どーすんだよ」

「そのときは、潔《いさぎよ》く先輩たちに殴られたらいいんじゃない？」

「そうじゃなくて……ななが、騙されてたってことになるんだぞ」

大北くんが眉《まゆ》を寄せて、口元をかたく結んだ。

なんで、そんな顔をするの？　わたしまで泣きたくなるじゃないか。

心臓がぎゅうぎゅうと誰かに絞《しぼ》られているみたいに苦しくなる。

「そんなのは、どうでもいいことだよ」

大北くんの目を見据えて、はっきりと伝えた。

「あ、でもそうだな。嘘だったときはわたしも一発、殴るかも」

「ほんと、バカだな」

「バカバカ言わないでよ」

大北くんは、大きな手で自分の顔を覆《おお》った。

泣いているのかな。泣くほどのことじゃないのに。

泣かないで笑っていてよ。そのほうが、大北くんには似合う。

そのほうが――好きだ。

「傷に染みるよ」

「べつにこんなの、痛くないし」

「わたしが、見てて痛い」

ケンカしている姿も、傷も、痛みに顔を歪ませているのも、見ていると痛くなる。

だから、これからはそんなことがないといい。彼の傷がこれ以上増えないでほしい。ひとつの傷痕も、彼には残らないでほしい。見えるものも、見えないものも。

これは、大北くんのためじゃなくて、わたしのためだ。

「うるせえよ」

そう言って彼はわたしの肩を摑んで体を引き寄せた。

わたしの肩に大北くんは顔を埋める。首元に彼の息がかかる。濡れている制服が頰《ほお》に貼りつく。

心臓が、早鐘を打つ。それは、密着している体から彼にも伝わっていることだろう。のしかかる彼の体重を受け止めながら、彼の肩ごしにある空を見つめた。

さっきまで明るかったのに、雲が緩《ゆる》やかに空を覆っていく。太陽を隠して、あたりが沈んだ色に染まる。

家につく前に、雨が降りだすかもしれない。また濡れてしまう。でも、わたしたちはすでに泥だらけでびしょ濡れで、ボロボロだ。いまさら気にすることではない。

大北くんと話をするようになった。たった数日だけれど、そこには間違いなく積み重ねられた時間が存在する。前と同じじゃない、わたしたち。

大北くんも、わたしも、かわった。飄々《ひょうひょう》としていた大北くんが、こうして涙を隠しわたしを抱きしめている。まわりに合わせて自分で見ることを放棄していたわたしが、彼を信じて彼の前に出た。

景色がくるんとまわって、かわっていく。

昨日までの空とは違う空。
昨日までと違うわたしと大北くん。

昨日、大北くんが言ったように、今ある空が昨日の空だとしたら。
今日が終わったあとの明日は、どんな表情を見せてくれるんだろう。
明日、大北くんは、わたしは、どんな顔をしているんだろう。

5　五階の先にある笑顔

「おはよう、奈苗《ななえ》」

キッチンで朝食の準備をしていると、母がやってきた。

「おはよう、朝ご飯できてるよ」

テーブルに焼き上がったばかりの食パンを並べて声をかけると「いつもありがとう」と寝ぼけ眼《まなこ》のままイスに座る。

「奈苗、今日はどこか行くの？」

「うん、ちょっと遊びに」

土日も母が仕事なので朝は起きている。けれど、今日は身だしなみを整えていたので、訊かれる心の準備をしていた。不自然にならないようにスムーズに受け答えをする。

「あんまり遅くなるのはだめだけど、晩ご飯は気にしないでいいからね」

母はどこかうれしそうに言う。

引っ越してきてから、友だちの家に行くことはあるけれど、電車に乗って出かけることはなかなかない。それを、母は少なからず申し訳なく思っているのだろう。今までは遊びにいく、となれば電車ですぐに繁華街《はんかがい》に出ることができたから。

わたしが家事をすることも、心苦しく感じている気がする。

わたしがやりたくてやっているのだから、気にしなくてもいいのにな。

八時前に車に乗って出かける母を見送ってから、家のことを片付ける。洗い物に掃除《そうじ》、そして今日の降水確率は10％らしいので、洗濯も済ませた。

「九時半か」

ひととおり終わらせ時計を確認すると、ちょうどいい時間になっている。

部屋に戻り鞄《かばん》を摑《つか》んで家を出る。交通費と電車の時間は昨晩調べておいたので、大丈夫だろう。

駅まで自転車で二十分なので、予定していた電車に余裕を持って乗り込むことができる。

今日、わたしはあの人に、会いにいく。

片道二時間ちょっと。最寄り駅から、特急電車に乗り、途中で在来線に乗り換える。目的の駅まで着いたら土地勘はあるので迷わない。

昨日、大北《おおきた》くんに言われたことがきっかけだ。

けれど、それ以上に大北くんとの関係がわたしの背中を押した。

このまま目をそらして誤魔化《ごまか》し続けたら、いつか、後悔《こうかい》する日が来るような気がした。

誤解したままでは、大北くんを知ることができなかった。

目を閉じて耳を塞《ふさ》いで過ごしていたのが、もったいなかった、と思った。

知って、かわったことがたくさんある。

知ってよかったと思うところもある。

まだ、怖くて、迷いがまったくないと言えば嘘になる。けれど、それでも。

誤解するのは、人を傷つけることだから。

大北くんを思いだすと、胸の中に風が吹く。

そういえば、今ごろ大北くんはどうしているだろう。

昨日、あれから大北くんは、すっきりした表情で帰っていった。少しでも、笑っていてくれたらいいな。少しでも、また誰かを信頼して、大事な人ができればいい。

——それが、わたしだったら——なんて。いやいや、それは違う！

とんでもないことを考えてしまい、ぶんぶんと頭を振った。

だめだ、大北くんのことはいったん忘れなければ。

そう思い、目の前の坂に意識を集中させる。

必死でペダルを踏み込んでいたからか、駅に着いたときは息が乱れていた。

無人駅ではないものの木造の小さな駅の前で足を止めて、そばの空き地に自転車を停めに向かう。のろのろと奥に進み、自転車に鍵《かぎ》をかけ振り返る。

そこに、にやにやした顔でわたしを見つめる三人に気がついた。

「な、なんで？」

目を大きくあけて、彼らを指さす。

駐輪場のすみにあるフェンスにもたれかかっていたひとりが、体を起こした。

「な？　俺の勘が当たっただろ」

大北くんが、そばにいる落合《おちあい》くんと若尾《わかお》くんに自慢げに言う。

「ななのことだから行くだろうなーって思って」

「いや、いやいやいや。そうじゃなくて！　なんでいるの」

「一緒についていってやるって言っただろ」

あれは冗談だったはずだ。それに、わたしはちゃんと即座に断った。

爽《さわ》やかに微笑《ほほえ》む三人に「遠足じゃないんだから！」と叫ぶ。なんで落合くんと若尾くんまでいるのか。一緒にいるなら彼を止めてほしい。

「まあまあ、落ち着いて、青谷《あおたに》」

まあまあ、じゃない！

わたしをなだめようとする落合くんを睨《にら》みつけると「怖いなあ」と後ずさりされた。

「オレたちは青谷に恩返しをしようと思ってるだけだって」

「恩返しされるようなことした覚えはないんだけど」

そしてこの行為は恩返しではなく、恩を仇《あだ》で返すようなものなのでは。せっかく一大決心をしたのに、決意がしゅるしゅると萎《しぼ》んでしまうではないか。

「ほら、さっさと行かねえと電車いっちまうぞ」

そう言って、まだ納得してないわたしの肩をがっしりと摑んで、大北くんは改札に向かっていく。話は聞いてもらえないらしい。特急電車に乗るのでそれなりにお金がかかることなどは伝えたけれど、大丈夫大丈夫、と答えるだけだった。電車の時間と同じように、しっかり調べて準備してきているのだろう。

もう彼らを止めるのは無理のようだ。

諦めのため息をひとつ落として、おとなしく大北くんに引きずられた。

なんでこんなことに。

「お願いだから、邪魔だけはしないでよ」

「わかってるって」

返事が軽すぎて心底不安だ。まあ、いつもどおりの大北くんでよかったけれど。

改札に着いて特急券と乗車券を購入し項垂《うなだ》れていると、若尾くんは「大丈夫だよ」とわたしに微笑んだ。

「みんな、青谷さんを、守りたいんだよ」

「……なに、それ」

「なにがあったか僕は、よくわからないけど……ずっと、気にしていたことを解決しにいくんでしょう？　そのとき、傷ついていたら、そばにいてあげたいって、思ってるだけ」

へ、と間抜けな声を発して、目をぱちぱちと瞬かせる。

そんなふうに想ってくれていたことに驚く。それほど気にかけてもらえるようななにかを、わたしはしただろうか。まったく身に覚えがない。

「昨日、うれしかった」

若尾くんが恥ずかしそうに視線をそらしながら呟《つぶや》く。

「昨日、僕のために怒ってくれて、僕のために水をかぶってくれて。きっと、宗太郎《そうたろう》くんも、うれしかったんだと思う。望《のぞむ》くんも」

違う。わたしは、わたしのためにやっただけだ。若尾くんや落合くんのためじゃない。自分が自分を許せなかっただけ。なのに。

「でも」

「僕らがそうしたいだけ。迷惑になるようなことは、しないよ」

わたしの言葉をやさしく遮《さえぎ》り、若尾くんは目を細めた。

若尾くんって、こんな男の子だったっけ。いつも自信なさげにおどおどしていたはずだ。けれど、今目の前にいる彼は、とても強い人に見えた。

「……わかった」

こくんと頷《うなず》くと、若尾くんも同じように頷く。ありがとう、と心の中で感謝を呟いてから、ふと外に視線を向ける。と、遠くから、見覚えのある女の子が近づいてくる。

じっとそちらを見つめていると、「おまたせ」と落合くんと大北くんが寄ってきた。そして、わたしと同じ方向に顔を向ける。

「平岡《ひらおか》?」

落合くんの声が聞こえたのか、それとも改札前に数人が集まっているという珍しい光景に気がついたのか、女の子が顔をあげ、目を見開いた。

それは、やっぱり怜《れい》ちゃんだった。

「どうしたの?　みんなそろって」

「え、あ、っと……」

どうしたのかはわたしにもわからない。どう説明しようかと考えていると、大北くんが

「ななをフッたやつを殴《なぐ》りにいく」と言った。

それは違う！　いろいろ違う！

「へえ、面白そうだね。私も同行していい？」

すでに大北くんたちがいるので、いまさら怜ちゃんが一緒でもなんら問題はない。

面白いものではないけれど。

「いいけど……あの、大丈夫？」

ただ、気になることがひとつ。

窺《うかが》うような視線を向けると、怜ちゃんは「あー、うん」と言って目をそらした。

わたしたちと一緒に出かけるだなんて、怜ちゃんの両親は許してくれるのだろうか。

「実は、家出してきちゃった」

「そっかー……――って、え？」

えへへ、とかわいらしくはにかんで言われたので、意味を理解するのに間があいた。

家出ってあの家出のこと？　怜ちゃんが？

唖然《あぜん》としているわたしをよそに、怜ちゃんは若尾くんに行き先を聞いて切符を買いにいってしまった。どうやら本当に家出だったようで、貯金をおろして駅まで来たらしい。

おろおろしているあいだに電車の時間になり、すぐにホームに入る。ちょうどいいタイミングで特急電車がやってきた。

乗車券は自由席だったけれど、車内にほとんど人はいなかった。わたしは怜ちゃんと並んで座り、通路を挟んで大北くんたちが座席をまわしボックス席にして座った。

時間はまだ十時ということで、車窓《しゃそう》からの景色はとても眩《まぶ》しく映る。青い空と緑の木々がフレーム内におさまっていて、大きな動く写真のようだ。

けれど、今はそんなことより。

「あ、あの、怜ちゃん、家出って？」

窓際の怜ちゃんにそっと声をかける。

「え？　ああ、うん。はじめてだからどうしたらいいかな、って思ってたの」

いや、そういう話ではない。でも、その返事から怜ちゃんの本気度が伝わってきた。

「昨日あれからたっぷり怒られて……しばらく反省するように言われてたんだよね。で、今朝、朝ご飯食べてから勉強するふりして二階の窓から抜け出してきちゃった」

玄関から出たらばれちゃうでしょ、と怜ちゃんが笑う。二階からだなんて、下手《へた》したら大惨事《だいさんじ》になるというのに。

「私の両親、厳しいんだよね」

「う、ん……ちょっと、聞いた」

「遊びにいくには事前にちゃんと報告しなくちゃいけないし、報告しても毎回いいわけじゃない。なにをするにもいつも両親の許可が必要だった」

怜ちゃんは、ついと窓の外に視線を向けた。ガラス越しに彼女の決心が見える。

「私のためだって言うの。私が心配だから、失敗しないように、悪いことをしないように、正しくいられるように。そのために友だちを悪く言うのはいつものことなの」

昨日のことのように、と最後に聞こえた気がした。

「こんな田舎《いなか》じゃだめだ、質のいい友だちを作るために偏差値《へんさち》の高い女子校に行くべきだ、って言われたけど、受験で落ちちゃって余計にひどくなっちゃった」

授業の質が悪いせいだとか、悪い友だちの怠《なま》け癖《ぐせ》がうつったと、今でも言われているのだと、怜ちゃんはくやしそうに小さな声でつけたした。

「いつも、私のためって言うから、それにこたえられない私が悪いんだと思ってたの。こんなに私のことを思ってくれてるんだから、不満を抱くのはおかしいことだって」

ガタゴトと、電車が揺れる。怜ちゃんの短い髪の毛も、その振動に合わせて上下した。

「そう自分に言い聞かせて、無理にでも自分を納得させないと、受け入れられなかったの」

気がつけば、わたしは怜ちゃんの手を握りしめていた。

「この前、大北に言われたことが引っかかってたの。悪かったたって認めさせたいだけにしか思えない、私の正論は過去に対してばっかりだ、って」

「あー、それは……」

話を聞いていたらしい大北くんが、困ったように話に入ってきた。

「ううん、そのとおりだなって思ったの。そして、それは私が父に抱くものと同じだった。それが、ショックだったの」

なんでかなあ、と怜ちゃんが呟く。

「お父さんの言っていることを理解して納得しなきゃって思ってたからかな」

再び景色を眺めながら、怜ちゃんが言った。

トイレで怒られていた怜ちゃんが〝私が悪い〟〝怒られても仕方ない〟と言っていたことを思いだす。そのとき、怜ちゃんはすごいなあと思った。

でも、そうじゃなかった。両親の言うことが正しいのだと自分に言い聞かせていたんだ。

「で、なんか全部いやになっちゃって、大げんかしたの。でも全然話を聞いてもらえないし、かみ合わないしで、もういいって思って、で、今にいたるって感じ」

怜ちゃんは、膝の上にのせていたトートバッグをぎゅっと摑《つか》む。本気で、勇気を振り絞《しぼ》って、怜ちゃんは荷物をまとめて家を出てきたのだ。

ふふっと怜ちゃんが目を細める。

わたしにできることは少ないけれど、怜ちゃんを応援したいと思った。怜ちゃんの決断と行動を、受け止めたい。

「平岡、目的地とかはなかったの？」

落合くんが大北くんの横からひょっこりと顔をだして、怜ちゃんに聞く。

「なにも。ただ、とにかくここを離れたかった。お金はあるから、都会のほうに行けば、数日くらいなんとかなるんじゃないかなって。そしたらみんながいるんだもん、びっくりしちゃった」

そして、怜ちゃんはわたしを見て、「私、友だちとこうして遠出するのはじめて」と笑った。

「わたしもだよ。すっごい心配で、切符の買いかた調べたもん」

怜ちゃんは「私もさっきどきどきしてた」と楽しそうに声をだして笑った。怜ちゃんから自然と〝友だち〟と言ってもらえたことに、内心歓喜しながらわたしも笑う。

「まさかこの五人で休日に出かけるなんて、先週までのわたしが聞いたらびっくりするだろうなあ」

みんなの顔を順番に見てしみじみと言うと、怜ちゃんは噴き出す。

怜ちゃんと特急電車に並んで座って揺られているのは、昨日までの四日間があったからだ。そばに、大北くんや落合くんや若尾くんがいるのも。

小さなきっかけが積み重なっただけ。それでこうして一緒にいられるって、すごいな。

みんなが停学にならなければ、もしも、これが転入してすぐの頃だったら、こんなに親しくなれなかっただろう。

「っていうか、平岡ってけっこう笑うんだな」

落合くんが物珍しそうに怜ちゃんを見る。

「落合は案外繊細《せんさい》だったよね。もっと空気を読まない人かと思ってた」

「なんだよそれ、そんなふうに思ってたのかよー」

「ななも、思ってたより気が強くて頑固だよな」

「そ、そんなことないし！　大北くんが一番印象かわったんだからね。いや、若尾くんもかな。思ったよりも話してくれるよね」

「僕は、べつに話すのは嫌いじゃないよ。そりゃ、うまくはないけど」

「口下手《くちべた》なだけだよなあ、若尾は」

けけけ、と大北くんが前の席にいる若尾くんの肩を叩く。

みんなが笑い声をあげていた。

もし、ここにみんながいなければ、わたしはこの移動時間ずっと憂鬱《ゆううつ》な気持ちで過ごしていただろう。決心が鈍って途中下車して引き返していたかもしれない。

そばにいてくれてよかった。

はじめはどうなることかと思ったけれど、今は、みんなの存在が頼もしい。

わたしは、ひとりじゃない。

大丈夫。きっと、笑顔で帰りも五人で、電車に乗っているはずだ。

しばらくすると、落合くんがうとうとしはじめ、それにつられるように怜ちゃんと若尾くんも眠った。おそらく大北くんも眠っている。

目的地まであと一時間弱。

このまま、行き当たりばったりはだめだよね、と覚悟を決めてスマホを取り出した。そして躊躇《ちゆうちょ》することなくメッセージを送る。会いにいくことを決めても、連絡だけはずっとできなかったのに。

土曜日だからか、返事はすぐに届いた。『どうしたんだ急に』『こっちまで来るのか?』

『迎えにいこうか?』と立て続けにメッセージが届く。

『大丈夫、少しだけだから』

そう送って、待ち合わせの場所と時間を決めた。突然の連絡だったにもかかわらず、時間をあけてくれたことにほっとする。少なくとも、いやがってはいないようだ。

待ち合わせは一時なので、着いてすぐにみんなとは別行動をするのがいいだろう。

「連絡したのか？」

「あ、うん」

起きていたのか、大北くんが頬杖《ほおづえ》をついた体勢で目をあけてわたしを見ていた。

「やるじゃん」

できないと思われていたのだろう。頬を膨《ふく》らませて「当然じゃん」と言い返すと、大北くんが立ち上がり、わたしの頭に手をのせて窓を見た。わたしも同じ方向に視線を向ける。

「この空みたいに、今日はいい日になるといいな」

そう言って、「トイレ」と通路を歩きだした。

励《はげ》ましてくれたんだろう。触れられた頭に自分の手をのせて、そっと撫《な》でる。

とくんとくんと心臓の音が心地よく響いてくる。

うん、大丈夫だ。


特急電車から在来線に乗り換えて目的地に到着する。ホームから階段をあがり、改札を出て、ショッピングモールのある出口を目指した。

広がる景色に、わたし以外のみんなが口を大きくあける。

「車で来たことはあったけど、電車で来ると、すごいね……」若尾くんの声が震えている。

「私たちの住むところと全然違う。テレビの世界みたい」怜ちゃんはため息を漏《も》らす。

「見てるだけで迷いそうだなあ」落合くんにしては自信なさげだ。

「空が狭いな」大北くんだけが頭上を仰《あお》いで言った。

以前わたしが住んでいたのはここからまだ数十分先の、いたって普通の住宅街が並んでいるところなのだけれど、都会人を見るような目をみんなに向けられた。

あの町に住んでいたら、たしかにここはすごいだろう。

大北くんの言うように、空を埋め尽くそうとしているかのように高いビルが建ち並んでいるし、人もたくさんいる。なんだか、空気も違う気がする。

そう思って、なんとなしにスマホのカメラアプリを起動し、パシャリと景色を撮った。

それを、SNSに素早く投稿する。この二ヶ月、広い空と光り輝くような緑の写真ばかりだった。その中で、今日の写真は異質に見える。

「じゃあ、わたしべつの用事があるから……みんなはどうする？」

お昼を食べるならそばのショッピングモールがあるよと説明していると、

「俺、ななについていっていいか？」

と、大北くんが言った。

「……は？　なんで」

大北くんを連れていったらびっくりされてしまう。それに、彼がそばにいたらわたしが話せない可能性がある。

「連れていってほしいところが、あるんだよ」

「あとからじゃだめなの？　戻ってきてみんなで――」

「頼む」

どうにかして断ろうと思ったけれど、大北くんが頭をさげる。けっして、冗談で言っているわけじゃない。いったい、どこに行きたいのだろう。

そんなふうに言われたら、断れないじゃない。

「……少し、離れた場所でいいなら」

「もちろん」

わたしの条件に、大北くんはぱっと顔をあげた。

大北くんのことを、わたしは気丈夫《きじょうぶ》な人だと思っていた。けれど、そうじゃないんだよな、といまさら思う。安堵《あんど》の笑みを浮かべる彼を見て、わたしにできることがあると彼が言うなら、手を振りほどかずにできる方法を、見つけたい。

同じ席に座らなければ、相手に気づかれることはないだろう。

ひとりで行くべきだと、そばにいたらやりにくいと、そう思っていたはずなのに、大北くんが遠くから見ていてくれているのだと思うと気合いも入る。

彼にかっこ悪いところは、見られたくない。

「オレらは昼飯食べられる店を探そうか」

落合くんが怜ちゃんと若尾くんに呼びかける。

「じゃあ、奈苗ちゃん終わったら連絡ちょうだい。なにかあったら、すぐに迎えにいくから、待ってるから」

心配そうな怜ちゃんに「わかった、ありがとう」とお礼を伝える。

怜ちゃんはわたしがなにをしにここに来たのか知らないはずだ。それでも、わたしたちの空気を察して、気遣ってくれている。その気持ちがなによりも励みになった。若尾くんが、こくりと目尻をさげて頷《うなず》く姿も。

ショッピングモールに向かう三人を見送ってから、大北くんとともに大通り沿いを歩く。

大北くんは前からやってくる人とぶつからないようにするのに四苦八苦していた。

「けっこう遠いのか？」

「歩いてすぐだよ。あの高速道路の高架下を越えたらすぐ」

「ふうん。ほんとビルばっかりだな」

きょろきょろと見渡しながら歩く大北くんの隣で、激しくなっていく心臓をなんとか落ち着かせようとする。

駅前から離れるにつれて、繁華街《はんかがい》からオフィス街の雰囲気《ふんいき》にかわっていく。個人経営の小さくておしゃれなカフェや、何十年も前からそこにあったような古い定食屋が並ぶ。ビルから出てくるスーツ姿の男性や女性も多い。休日だというのにいそがしそうだ。

「こんなところで元カレに会うのか？」

不思議そうに大北くんが言ったので、「違うってば」と否定する。


「元カレじゃなくて——元、父親」


大北くんが、目を丸くして足を止めた。すると、背後の人がぶつかりそうになったらしく、慌てて頭をさげて再び歩きだす。

「ち、父親って、お前の母親が離婚した相手ってことか？」

「そう。勘違いしてるなあとは思ってたけど」

意図的にそうしたわけではないけれど。わざわざ否定することでもないし、あまり言いたいことでもなかったので有耶無耶《うやむや》にしていた。けれど、こうして一緒に待ち合わせ場所に向かっているので、話しておいたほうがいいだろう。

「あー、そっか、ああ、なるほど」

口元に手を当てて、まるで表情を隠すようにしながら大北くんが頷く。

なにが〝なるほど〟なのか。

「そんなにじっと俺を見るなよ」

「そんなに見てないし。っていうか、なに照れてんの？」

「うるせえな、照れてねえよ」

伸びてきた手がわたしの顔をぐいぐいと押す。こちらを見るな、ということだろう。っていうか、大北くんはなんでにやにやしてるんだろう。

首をかしげながら、待ち合わせ場所を目指す。父は休日出勤をしているらしく、会社近くの喫茶店で会うことになっている。昔、何度か一緒にお昼ご飯を食べた場所だ。父親がそこを指定した、ということは、父も覚えていてくれているのだろうか。

「あ、ここ」

左手に純喫茶の看板が見えたので大北くんに呼びかけると、

「なな？」

と、大北くんとは違う、懐かしいあたたかみのある声が聞こえた。

「お、お父さん」

振り返ると、わたしと大北くんを交互に見て、気まずそうな顔をする父が立っていた。

これは完全に誤解されている。先に着いて大北くんとはべつの席に座って待っていようと思っていたのに。まさか父と同じタイミングになってしまうとは。

「あの、友だちで、用事があるとかで一緒に来ただけだから」

「あ、すんません。あの、邪魔はしないんで」

「そう、そうか。びっくりした」

心臓に手を当てて、父がへにゃりと笑った。目を細くして、目尻に皺《しわ》を刻む。ちょっと頼りなさそうなその笑顔に、懐かしさを覚えた。

「ふたりでここまで?」

「ううん、ほかの友だちも一緒。駅でいったん別れたの」

そうか、疲れただろう、と父が喫茶店のドアをあけた。カランコロンと鈍い音がすると、店内から女性が顔をだして「いらっしゃいませ」と声をかけてくる。

同じ窓際の四角い四人がけのテーブルに案内された。てっきり大北くんも一緒だろうと思ったけれど、彼は「いや、べつで大丈夫です」と断って、ひとつ離れたふたりがけの丸テーブルに座った。

目の前の父は、引っ越し先はどうだ、楽しくやっているか、と当たり障《さわ》りのない質問をわたしにする。それにたいして、わたしは、うん、とか、楽しいよ、と短い返事をする。お昼ご飯に選んだオムライスが届いた頃には、会話がなくなっていたくらいに、わたしと父のあいだには話題がなかった。

昔はもっと、たくさん話していたはずなのに。

でも、それはいつまでだったっけ。

思いだそうとすると、いつだってわたしは小学生だ。

「お父さんは、今も、あの家に住んでるの？」

スプーンでオムライスをすくいながら訊く。と「いや、今は会社に近い場所で」と口ごもった。続きの質問を口にしかけて、呑《の》み込んだ。

「母さんも、元気なのか？」

「あ、うん、もう、元気だよ」

そっか、と眉《まゆ》をさげる父は、いったいなにを感じているのだろう。

元気でいてくれてうれしくないのか。毎日、肩を落としていてほしかったのか。

わたしと母が家を出るときも、同じような表情をしていた気がする。気がついていなかったけで、もしかしたらずっと、そんな顔でわたしたちを見ていたのだろうか。

何度も訊きたかった言葉を口にしようとする。

そのたびに、喉《のど》が萎《しぼ》んで声がでなくなった。呑み込むたびに、胸がずしんずしんと重みを増して、食欲もなくなってくる。

オムライスは、ちっともおいしく感じられない。

そんなわたしに父はなにを思ったのか、それ以上は聞いてこなかった。わたしから話を振るべきだろうかと思ったけれど、うまく言葉を紡《つむ》げないまま、居心地の悪い時間がずるずると流れていく。

今ごろ、母は仕事をしているのだろうか。わたしと父が会っているだなんて、想像もしていないだろう。

父がいなくなっても、わたしと母の生活に大きな変化はなかった。住む場所が都会から田舎《いなか》にかわっただけ。いや、母が落ち込む様子を見せなくなって、会話をすることが増えた。だからか、わたしと母のあいだには以前よりも笑顔が増えたような気もする。

幸せだ、と心から思う。なに不自由なく、不満も不安もなく過ごしている。

けれど——もしも、今ここでわたしがすべてを吐き出したら。

そのとき、父はなんて言うだろうか。

わたしは、なにをしているんだろう。

なんで母に内緒にしてまで、父に会いに来てしまったのだろう。

ぱくっと大きく口を開いて、オムライスを頰張《ほおば》った。

さっさと食べてしまおう。お皿を空《から》にしてしまおう。そうすれば、この時間は終わる。口を動かしていれば、余計なことを口走ってしまうこともない。

胃の中に押し込むようにしてご飯を済ませ、

「じゃあ、そろそろ行くね。お父さんもまだ仕事だよね」

とすっくと立ち上がった。

「あ、ああ」

わたしよりも先に食事を終えていた父も同じようにすぐに席を立つ。大北くんのぶんのランチも支払ってくれると言って、断る彼を制止し伝票を持ってレジに向かった。

「わざわざ来てくれて、ありがとう。ななが元気そうでほっとしたよ」

「仕事、いそがしそうだけど、体に気をつけてね」

心配なんかしてなかったんじゃないの、と嫌みを言いそうになってしまった。

「じゃあ、またな。なな」

なな、という懐かしい父からの呼びかけは、わたしの記憶のものとは違っていた。

父の背中を見送り、少し離れた場所にいた大北くんのほうを見る。

「いいのか？」

「うん、もういい。なにも、なかった」

大北くんに近づいて答えると、彼は「ならいいけど」とわたしの背中をぽんっと叩く。元気づけようとしているのだろうな、と思うと鼻の奥がつんとした。なにかを言わなくちゃいけないのに、喉になにかが詰まっていてうまく声がだせそうにない。無理をするとかわりに涙があふれそうなので、黙ったまま俯《うつむ》いた。

そのまま、ふたりとも口を開くことなく歩く。

いろんな感情がまざりあって思考回路が正常に働いてくれなかった。けれど、通りすぎていく車のエンジン音をぼんやりと聞いているあいだに、徐々に気持ちが落ち着いていく。

と、はっとする。

「あ、大北くんの用事があるんだっけ」

どこかに行きたいのだと言っていた。土地勘のあるわたしに案内してほしかったのだろう。このまま歩いていたらみんなのところに戻ってしまう。

「いや、やっぱりいい」

大北くんは間髪《かんぱつ》を容《い》れずに首を振った。

あんなに真剣にわたしに頭をさげたのに、どうして。なにか、大事な用事があったのではないだろうか。

「え？　な、なんで？　遠いとか？　タクシー使う？」

「いや、本当にいいんだよ。大丈夫だから」

無理をしているのではないかと大北くんの顔をまじまじと見つめる。けれど、不思議と彼の表情は穏やかだった。なのに、それはどこかこれ以上の追及を避けているような壁のようにも感じた。

「……じゃあ、みんなのところに戻ろうか」

わたしも、みんなに会いたい。

もしかしたら大北くんも同じ気持ちなのかもしれない。

怜ちゃんに連絡しようと思ったところで、そういえば連絡先を交換していないことに気がつく。っていうか、誰の連絡先も知らない。大北くんに確認すると、落合くんと若尾くんの連絡先を知っていたので、電話をかけてもらった。

「電池がやべえな」

「大北くん、気がついたら電池がなくなってるとかやりそう」

「あんまり使わねえからな」

電話やメッセージもあんまり気づいてくれなさそうだ。既読スルーとかも多そう。っていうかそういうの嫌いそう。

だからか、大北くんの連絡先教えてよ、とその場で軽く口にすることができなかった。

三人はショッピングモールの洋食店でご飯を食べてのんびりしていたらしく、連絡すると店の前で待っていてくれた。そして、わたしたちの姿を見つけると、三人は「おかえり」とあたたかい笑顔で迎えてくれた。

それに、ほっとする。

みんながいてくれてよかった。

そばにいてくれる大北くんがいて、待っていてくれた三人がいる。

ひとりじゃなくてよかった。

まだ時間は三時前だ。七時くらいまでに電車に乗れば、あまり遅くならずに家に帰ることができる。せっかくなのでそれまでみんなで遊ぶことにした。

それぞれがやりたいこと、行きたいところを提案し、順番にみんなでまわる。

服や雑貨を見て回り、ＣＤショップで手当たり次第に視聴する。書店で立ち読みをしたり、新作ゲームの体験をしたり。

勝手なことばかりする大北くんに、落合くんが怒り、怜ちゃんが呆《あき》れる。若尾くんはそんなわたしたちを見て微笑《ほほえ》んでいる。わたしは、何度も声をあげて笑った。

数ヶ月前まで何度も訪れていた場所なのに、今はなにもかもが新鮮で、楽しかった。

若尾くんがいるから、理解するのが難しそうな本を手に取った。

落合くんがいるから、ほとんどしたことのないゲームに興味を持った。

大北くんがバイクを見にいってかっこいいと盛り上がり、怜ちゃんはわたしが今まで選んだことのないようなアクセサリーを似合うと言ってくれて、うれしくてすぐに購入した。

そんなことをしていると、あっという間に帰る時間になってしまう。

夏前の七時は、まだ空が明るい。けれど、ゆっくりと日は傾きだしていた。

いつまでも遊んでいられないことくらい、みんなわかっている。

帰りの電車の中が無言だったのは、遊び疲れた、という理由だけじゃないだろう。

特急電車に乗り換えると、電池が切れたみたいに静かになった。

「青谷は眠らないのか？」

斜め前に座っていた落合くんが、いつの間にかわたしを見ていた。

「落合くんこそ。みんな寝てるのに」

「こうして友だちと遊ぶのが久々で、興奮して眠れないんだよなあ」

落合くんは、本当にうれしそうに頬《ほお》を緩《ゆる》ませる。そして、

「オレは、誘われないから」

と表情をかえることなく言った。

「みんながオレを〝委員長〟って呼ぶようになった頃から、遊びに誘われなくなったからさ。オレが暑苦しくてうるさくてうっとうしいからだろうな。だからって、そのために望のことや若尾のことを容認するのはできないから、仕方ないんだけど」

そっとふたりのほうに視線を向けて、わたしと目を合わせる。

「いつかわかってくれるはずだと思ってたし、自分のしてることが間違っているとは思ってないけど、でも、やっぱりこうして遊ぶのは楽しいよな」

はっきりと自分を認めることのできる落合くんはすごいな、と思った。

けれど、「でもさ」と落合くんは言葉をつけたたした。

「こうして楽しい時間を過ごしたら、なんか、悲しくなってくるよ」

「え?」

「楽しい時間を失わなきゃいけないほど、オレのしたことは、しようとしたことは、嫌われるようなことだったのか、って」

自嘲《じちょう》気味に笑う落合くんに、言葉を失う。

落合くんは、やろうと思えばいつだって、それまでと変わらない日々を過ごせていたはずだ。

でも、そうしなかった。

それはすごく、落合くんらしい。

「また、いつでも、遊ぼうよ」

そう口にすると、落合くんは口の端を持ち上げるだけでなにも言わなかった。

車窓《しやそう》からの景色が色を失っていくからか、ひどくさびしい気持ちになる。

今日が終わる。

そして——明日から今までの生活が戻ってくる。

わたしたちは、明日からもこうして話ができるのだろうか。

もしくは、この五日間は存在しなかったみたいに切り取られてしまうのだろうか。

その後わたしも眠ってしまい、気がつけばわたしたちの住む町の駅に着いた。

眠い目をこすりながら電車を降りると、そこは闇に包まれている。まだ時間は十時だというのに、街灯はほとんどないし、車も人も気配がない。いや、ここでは〝もう〟十時か。

大北くんたち三人はバスで駅まで来たらしいけれど、当然すでにバスの運行は終わっている。怜ちゃんも歩きだったので、わたしは自転車を押してみんなと歩いて帰った。

「明日学校か。土日あっちゅう間だったな」大北くんが欠伸《あくび》まじりに言う。

「夢みたいな土日だったね」若尾くんはうっとりしながら呟《つぶや》く。

「平岡はどうするつもりだ？　家に帰るのか？」落合くんは怜ちゃんの心配をする。

「んー……どうしようかな」怜ちゃんは歯切れ悪く答える。

「よかったらわたしの家に泊まってもいいよ」

怜ちゃんはわたしの提案に「ありがとう」とまだ悩んでいる様子で言った。

ゆっくりと歩く夜道は、どこまでも続いていきそうな錯覚《さっかく》に陥《おちい》る。どこにたどり着くのか分からなくなりそうだ。けれど、いつかは確実に別れ道に到着する。それにあらがうように、わたしたちはより一層歩みを落とした。

それでも、気がつけばあっという間だ。

普段なら、遠すぎて途中で心が折れてしまいそうになるほどの距離だったにもかかわらず、見慣れた景色が夜の中にあった。

「じゃあ、僕はここで」

十字路で、若尾くんが意を決したように言う。その声からワンテンポ遅れて、

「怜！」

という叫び声が響いた。全員が視線を向けると、ちょうど街灯の下にひとりのおじさん——怜ちゃんの父親が息を切らせて立っていた。

「……お前はいったい……！」

やばい。狼狽《うろた》えながら怜ちゃんを見ると、真っ青な顔をしてじりじりと後ずさり、踵《きびす》を返して走っていった。そしてあっという間に夜に溶けて消えてしまう。

「平岡！」

茫然《ぼうぜん》としていたわたしの鼓膜《こまく》を、落合くんの声が響かせる。すぐに落合くんが怜ちゃんのあとを追うように駆けだしていて、慌ててわたしたちも追いかけた。背後で、おじさんがなにかを叫ぶけれど、それはわたしたちの耳には届かない。

自転車に乗るタイミングを見失い、押し引いたまま走る。

わたしと若尾くんが最後尾、その少し前が大北くん。わたしの視界にはすでに落合くんの姿は見えなかったけれど、大北くんには見えているのだろう。

「あ、いた！」

怜ちゃんが？　と思ったけれど、声は横から聞こえてきた。

「若尾！　お前どこ行ってたんだよ！」

その声で、相手が神木《かみき》くんだとわかる。顔はよく見えなかったけれど、まわりには数人の人影もあった。

なんでこのタイミングで神木くんたちが現れるのか。

「お前、警察に――！」

怒りを孕《はら》んだような声に、若尾くんが身じろぎする。

神木くんたちが近づいてくる足音がする。それから逃げるように若尾くんは背を向けてしまった。そして、消える。

「わ、若尾くん？」

逃げる気持ちはわかる。ただ、若尾くんが向かった方向は怜ちゃんのいるであろう方向とは違う。怜ちゃんも追いかけなくては。けれど、若尾くんもひとりにはできない。

「おい！　逃げるなよ！」

声をまき散らすように、神木くんたちが走ってくる。

「おい、なな！　追うぞ！」

「え？　どっち？」

「若尾だ。平岡は宗太郎が追いかけてるから大丈夫だろ」

大北くんがおろおろしているわたしの腕を摑《つか》んで引き寄せる。そして、わたしの自転車を奪いサドルに跨《また》がった。乗れ、と促されてあたふたしながら後ろにしがみつく。ふたり乗りなんてしたことがないのだけれど、彼はそんなことお構いなしに一気にスピードをだした。ふたり乗りって道路交通法違反じゃなかったっけ。

「神木くんたち、なんで若尾くんを？」

「俺が知るか。平岡のおっさんは、家出に気づいて捜したんだろうけど、神木は若尾を殴《なぐ》りにでも来たんじゃねえの？」

なんのためにこんな夜中にそんなことを。明日にはいやでも顔を合わせるのに。

大北くんの後ろで考え込んでいると、キキッと不快な音をだして自転車が止まった。

「見失った……」

くっそ、と大北くんが舌打ちまじりに呟く。

せめて、街灯がもう少しあれば人影を見つけることができるのに。真っ暗でなにも見えない。止まっていても仕方ないと大北くんは再び自転車を走らせたけれど、闇雲《やみくも》に捜して見つけられるほど甘くはなかった。目をこらしても、視界には暗闇しか見えない。

十五分ほど走り続け、成果がないまま明かりが灯るコンビニを見つけて立ち止まる。このあたりは店が少ないので、かなり貴重な存在だ。

「喉渇《のどかわ》いたからお茶でも買ってくるわ」

「あー、わたしもアイス買おうかな」

駐輪場に自転車を停めてふたりで店内に入る。深夜まで営業していても、これだけ静まりかえった町だ。客はわたしたち以外にいなかった。おまけにアイスはろくなものがない。無理して食べるのもなあと諦めて、一足先に店を出た。駐輪場と反対側に小さなベンチを見つけたので、そこで大北くんを待つ。

「ほら」

出てきた大北くんは、わたしにペットボトルのお茶を投げ渡した。喉が渇いていたわけではないけれど、せっかくだしと口をつける。自覚がないだけで水分を欲していたらしく、体中に染み渡る感覚がした。

「大北くんは？　買ってないの？」

「俺もそれ飲むから」

隣に座った大北くんが、わたしの手からお茶を取る。そして躊躇《ちゅうちょ》なく口をつけてごくごくと喉を上下させた。

「なんだよ。まだいるのか？」

じっと見ていたからか、大北くんが残りのお茶をわたしに差し出した。

いや、そういうことじゃなくて。

手元に戻ってきたペットボトルを見つめて、彼は躊躇なくわたしが飲んだあとにこれを——と考えると、顔に火が点《つ》いたみたいに熱くなった。胸がばくばくと音を鳴らす。

これって、いわゆる間接キスというものになるのでは。いや、べつにそんなこと気にしているわけじゃないけれど。でも、その。

大北くんにとってはどうでもいいことなのだろう。むしろそんなものに狼狽えるわたしのほうがおかしいのかもしれない。

あたふたしているわたしに気づいていない大北くんは、スマホを取り出す。

こんな状態では、もう一度自転車に乗って大北くんにしがみつくなんてできなくなってしまうじゃないか。

「うわ、電池切れてる」

わたしがパニックに陥《おちい》っているあいだ、大北くんは落合くんか若尾くんに連絡を取ろうとしたらしい。

「え?」

「ななのは?」

訊かれて顔をあげると、視界にわたしの自転車のまわりにいる人影が見えた。店内から漏《も》れている明かりは、その人物の顔を浮かび上がらせる。

「……おお、きた、くん」

声が、震えた。恐怖というよりも戸惑いで。「なに」と大北くんがわたしの見ているほうを確認する。その直後、彼も、わたし同様、固まったのがわかった。

そこにいたのは、間違いなく、先輩たちだった。大北くんに彼女を奪われたとご立腹だった三人組だ。

「おい、見つかる前に逃げるぞ」

「で、でも、もしかしたら昨日とは状況がかわってる、かも」

「かわってなかったら面倒だろ」

たしかにそれはそうだ。今は先輩たちと話している時間はない。

ゆっくりと立ち上がり、そろりそろりと距離を取っていく。けれど、先輩のうちのひとりがわたしたちに気づいて「あ！」と大声をだした。

「逃げるぞ！」

大北くんがわたしの手を取って、猛ダッシュする。後ろで「おいこら！　待て！」と叫んでいるのが聞こえる。その声で、誤解は解けていないのだろうと察した。

なんだって、いつもわたしといるときに顔を合わせてしまうのか。

大北くんに引きずられるように走りながら、ついてないと何度も思った。走り去った怜ちゃんと若尾くんを追いかけていたはずなのに、いつの間にかわたしが逃げる立場になっている。先輩たちが自転車のまわりにいたのもついていない。

どのくらい走ったのか、息が切れ切れになる。肺が爆発しそうだし、足ももう限界だ。

先輩たちの姿は見えなくなっていたので、無事撒《ま》けたのだろう。

「ちょ、大北、くん、もう……」

「もう少し走れ」

いったいどこに向かっているのだろう。

わからないけれど、ただ、大北くんと離れてしまわないように彼の手を強く握りしめた。

「あー、疲れた」

ドアをあけて、大北くんはへろへろと手すりに近づいていく。わたしはしばらく地面に四《よ》つん這《ば》いになって息を整えることに集中した。

大北くんが向かっていたのは学校だった。校門をよじ登り、鍵《かぎ》の閉まっていない窓から校舎に入って屋上に向かい今にいたる。なんでこんな場所を選んだのか。でも、先輩たちには絶対思いつかない場所だろう。

なんとか動けるようになったので大北くんの隣に移動し、腰をおろす。

夜空には、無数の星が散らばっていた。大きな月は手を伸ばせば捕まえられるのではないかと思うほど近くに感じる。

空には、こんなに星があったのか。

「なあ、訊いていいか?」

大北くんも、まだ息が乱れていた。

「お前、なんで父親になにも話さなかったんだ?」

彼の横顔は月明かりを浴びてきれいだった。

目を奪われる。それは、心を奪われる、ということなのかもしれない。

ぼんやりとしばらく見つめてから、視線を再び頭上に戻す。

「両親の離婚の原因、父の不倫なの」

それがわかったのは、わたしが中学三年生の夏だった。

「二回目の転校のあと、もう一度父の仕事の関係で一年だけ引っ越すってなったときにわたしいやがったんだよね。もう中二だったし、また友だちを失うのがいやだった」

どれだけ仲がよくても数ヶ月で疎遠《そえん》になって、友だちだったことなんてなかったかのように消えてしまう。そんなのはいやだった。わたしは、親友と呼べる絆《きずな》がほしかった。

「それで、父が単身赴任《たんしんふにん》することになったの。で、父が不倫」

父が単身赴任から戻ってきてすぐのことだった。母は泣いていて、父は頭をさげていた。深夜、両親のケンカする声に気づいて覗《のぞ》いたリビングは、ふたりの感情が渦巻《うずま》いていて、怖かったのを覚えている。

「一緒にいたときのお父さんは、お母さんのことをすごく大事にしていて、わたしにもやさしくて、不倫をするなんて夢にも思ってなかった。なのに、離れた途端に不倫だよ」

ふふ、と肩をすくめて笑う。

夜空が滲《にじ》んで、星がかすんでいく。

「連休でも帰ってこなくなった理由はそうだったんだって、ショックだった。結局、家族っていう関係でも、離れてしまえば簡単になくなってしまうんだって思った」

声が震える。

大北くんの手が、わたしの髪の毛に触れた。わたしの顔をたしかめるかのようにすくいあげて「うん」と大北くんまで泣きそうな顔をして言った。

自分の顔が涙で濡れている。いつの間にか涙が止まらなくなっている。だけど、それを隠そうとは思わなかった。

大北くんの手が、わたしのかわりに涙を拭《ぬぐ》う。

大きな手に、顔が包まれる。

「お父さんにとって、わたしは、もう、なんの関係もないのか、ききた、かった」

涙腺《るいせん》が崩壊して、ぼとぼとと地面にしずくが落ちる。

――『なな』

そう言って、父はいつもわたしの頭を撫《な》でてくれた。電話をすればいつもうれしそうに話をしてくれた。わたしを怒ったことなんて一度もない。どっちかというと甘やかしすぎだよ、とわたしが言いたくなるくらいやさしかった。

大好きだった。だからこそ、悲しかった。許せなかった。

――『お父さんと、離れることになったの』

――『お父さんは、他の人と……』

ねえお父さん、いつからわたしとお母さんを裏切っていたの？

ねえお父さん、わたしとお母さんのこと、嫌いになったの？

ねえお父さん、ずっと一緒にいたら、そばにいてくれたの？

ねえ、一度離れたら、もう戻ってはきてくれないの？

ねえ、わたしのせいなの？　わたしが、一緒に行くのを拒《こば》んだからなの？

離婚が決まったのは、わたしのいない場所でのことだ。母から事後報告を受けた。そのとき、父と母、どちらを選ぶか訊かれたとき、わたしは迷いなく母を選んだ。

母は、わたしのそばにいてくれたから。

昔も今も、いつもわたしのそばでわたしを想ってくれているから。

「お父さんの気持ちなんか聞こうとしなかった。許せないままでいなくちゃって思った」

だって父は最低のことをしたのだから。

でも、それはただ、怖かっただけだ。本当は、父が別れを切り出したのかもしれない。わたしと母を裏切り、どこかの誰かを選んだのかもしれない。それを、たしかめるのが怖くて、諦めたのだ。

それは、胸の中に大きなしこりになって、なにも信じられなくなってしまった。

目に見える関係だけしか、信じられなくなった。

目に映る範囲にあるものしか、安心できなかった。

友だちも、家族も、手を伸ばしても触れられない距離になってしまえば、あっけなく終わってしまう儚《はかな》い、脆《もろ》い、不確かな絆しかない。

友だちだって二ヶ月のあいだはメッセージをくれるというのに、父は、わたしに一度も連絡をくれなかった。わたしたち親子の縁は、そんなに脆いものだった。

「会ったら、責めてやろうって思ってた、けど——怖くなったの」

なにもかわらない父を見て、なにもかもが恐怖で飛散して、消えた。

「今までの苦しみも頑張りも、そして幸せも、壊れてしまうような気がした」

〝知りたい〟よりも〝知りたくない〟が勝った。

父に否定されたら今までどおりに過ごせるかもしれない。でも、そんな言葉は聞きたくない。かといって、やさしい愛情のこもった返事だったら、今までどおりでいられない。

わたしと母の日々が、無意味なものにされてしまうかもしれない。

「やっぱり、真実を知るのは、怖い」

知らないことが多すぎる。けれど、そうでないと笑っていられない。抱えきれる強さなんてわたしにはない。なにもかわらずに過ごせるほど器用でもない。

視界が弾けて、わたしは、子どものように泣きじゃくる。

声をあげて泣くのは、いつぶりだろう。

わたしはずっと、こんなふうに泣きたかったのかもしれない。

そう思うほど、涙が止まらなかった。

大北くんはわたしの顔を包み込む。涙で見えないけれど、彼が目の前にいる。

「そばにいてやるから」

大北くんの苦しそうな声が聞こえた。

「そばにいるから、今は泣いとけ」

その声は、泣いているみたいだった。


どのくらいのあいだ、泣いていたのだろう。

涙もしゃっくりも止まりだしたとき、ポケットのスマホが小刻みに震えた。鼻をすすり、涙を拭《ぬぐ》ってそれを手にした。

「う、わ」

思わず声が漏《も》れる。

スマホには数十件の着信とメッセージを知らせる表示が出ていた。走っていたことと、泣いていたことでまったく気づけなかった。手にした今も、メッセージがぽんぽんと届く。

着信のほとんどは母で、数件が華《はな》。メッセージはほとんど華だった。

一気に血の気が引く。時間もすでに十一時をまわっていた。どうしようかと顔をあげると、思いのほか近い大北くんの顔に心臓が跳ね上がる。

「あ、ごめん」

抱きしめられていたことに気づいて慌てて体をそらすと、大北くんが「涙乾いた？」と意地悪っぽく口にした。羞恥《しゅうち》に顔を染めると、大北くんはケラケラと笑う。

さっきまで、子どもみたいに泣きじゃくっていたわたしをやさしく抱きしめてくれていたなんて、夢だったんじゃないかってくらい、いつもどおりの大北くんに、少しほっとした。

隣に改めて座り直し「どうする？」と訊くと、「どーすっかな」と大北くんが呟《つぶや》く。

「俺のスマホ電源は入らねえからなあ。たぶん俺のおかんもぶち切れだろうな」

華や他の友だちからのメールをひとつずつ開いて確認する。『どこいるの？』や『おばさんから連絡きたけど、なにかあったの？』といった内容ばかりだ。母に折り返しの電話をしなければ、と思うのに気が重い。なんて説明したらいいだろう。

はーっとふたり同時にため息をこぼすと、ゆっくりと目の前のドアが開かれた。

「あ、れ？」

ひょっこりと顔をだしたのは、若尾くんだった。

「よう。お前、どこ行ってたんだよ」

「あ、いや、河原で隠れて、た。ふたりこそ、どうして」

若尾くんの質問に、わたしたちは顔を見合わせた。若尾くんを追いかけていた、と言うべきか。先輩たちから逃げてきた、と言うべきか。

「まぁ、いろいろあって。で、若尾はなんでこんなところに来たんだよ」

返事を濁し、大北くんが若尾くんに訊くと、「なんとなく、かな」と空を見上げた。

「明日からどうなるんだろうって思ったら、ここに、来たくなって」

「──オレらも」

若尾くんの後ろから声がして覗《のぞ》くと、怜ちゃんと落合くんが入ってきた。ふたりとも息を切らせている。もしかしてずっと追いかけっこしていたのだろうか。

「ここなら誰にも見つからないと思ったんだけど、先越されちゃった」

怜ちゃんが諦めたように肩をすくめてから、「みんなも来ちゃったみたいだし」と手すりに近づき、地面を見下ろした。つられてわたしも見ると、下にはクラスメイトらしき人たちと、大人が数名いた。それぞれの親かもしれない。担任もいるのだろうか。

暗くてよく見えないけれど、数十人はいる。

「見つかる前に学校に入れてよかったよ」

落合くんは大北くんの隣に座り、はあーっと息を吐き出した。

なんでこんなことになっているのだろう。ぐるぐる考えていると、手にしていたスマホが着信を訴える。母だったらどうしようかと画面を確認すると、華の名前が表示されていた。少し悩んでから通話ボタンをタップして耳に当てる。と、

「奈苗ー！　やっとつながったー！　どこにいるの！」

華の甲高《かんだか》い声に鼓膜《こまく》が破れそうになる。しかも、華はわたしが今見ている人たちの中にいるらしく、下からも同じ声が聞こえてきた。

「おばさんから連絡あって、いなくなったっていうから捜してたんだよ！」

「あーごめん……大丈夫、ちょっと、ね」

「ちょっと、じゃないわよ！　ほんっと心配したんだから！　なんか大北も怜ちゃんもいないとかってみんな捜してたけど、関係してるの？」

どうやらけっこう大事になってしまっているらしい。

「また今度、ちゃんと、話すから、ごめん」

今はこれ以上言えない。ここにいるみんなのためにも、自分のためにも。

「……大丈夫なの？」

「あ、うん、それは」

「じゃあ、いいけど。全部話してなんて言わないけど心配するんだからね、あたしも。奈

苗のこと、心配してるんだよ。わかってる？」

華の言葉に、目頭《めがしら》がきゅうっと熱くなった。喉《のど》がつっかえて苦しくなる。

「うん」

聞こえたのかわからないくらいの声で、そう返すのが精一杯だった。「じゃあ、何時でもいいから、今日中に連絡してね」と言って華は電話を切った。

「なんて？」

「華が、わたしの母親から電話があったらしくて、捜してくれてたみたい」

大北くんに、泣いているのがバレないように洟《はな》をこっそりすすってから答える。

「みんなお前を捜してんの？」

「いや、華たちだけだと思う。ほかは……なんなんだろう。誰か捜してるのかな」

よくよく目をこらせば、なんとなくクラスメイトのような気がする。わたしのためにクラス総出で捜索はしないだろう。

「あ、もしかしたらオレかも」

スマホを握りしめた落合くんが軽く手をあげて、気まずそうに返事をした。

「実は平岡を見失ってから、誰か協力してくれるかなって何人かに連絡いれたんだ。それが、なんか、広まったかもしれない。オレにメッセージがいろいろと……」

なるほど、と四人が納得する。

「すげーな、宗太郎」

ぶはっと大北くんが笑った。

「クラスのほぼ全員集まってんじゃん。お前の頼みだからだろ?」

「いや、オレじゃなくて平岡をみんなが心配してるだけだよ」

落合くんは頭を振った。すると下から「なんでみんないるの?」と誰かの声が聞こえる。

「委員長に呼び出された。なんか焦ってたから困ってるんだと思ったけど」

「平岡がいなくなったんだろ? ついでに大北と青谷も捜してくれって言ってた」

「そうなの? 委員長が困ってるから手伝えって呼び出されたんだけど」

「よくわかんねえけどあいつが焦るんだったら一大事だろ。で、委員長は?」

「いや、委員長もいないらしいよ。今、連絡取れないみたい」

「は? なに? 事件?」

騒がしい声は、屋上までよく聞こえる。

会話にひととおり耳を傾けてから、今度はわたしが「すごいね、落合くん」と言うと、若尾くんと怜ちゃんも「さすがだね」と微笑《ほほえ》んだ。

落合くんの気持ちは、ちゃんとみんなに届いていた。文句を言われたりウザいと煙たがられていた面もあるかもしれない。けれど、ちゃんとつながっていた。だから、彼のためにみんなが集まった。

いつもみんなを想っていた彼だから。

みんなも、落合くんを想ってくれている。

「……委員長じゃ、ないし……」

顔を覆《おお》って笑う落合くんに「みんなにとっては、褒め言葉、なのかもね」と若尾くんが肩に手を置いて言った。

「委員長パワーは強力だな。でも、どうする、これ」

落合くんの涙に気づかないふりをして、大北くんが腕を組む。たしかに、事態はけっこうやばい状況だ。「お騒がせしました」とひょっこり顔をだすのはなかなか勇気がいる。

「だー！　校舎にもいねーって！　あいつどこ行ったんだよ」

どうやら神木くんもいたらしい。大声が屋上までしっかりと響く。

神木くんも落合くんの件で捜していたのだろうか、と思ったけれど、それにしては若尾くんをすでに捜している感じだった。

「ちゃんと謝りなよー」と女子の誰かが一喝《いっかつ》する。

「わかってるよ！　だから若尾を捜してんだろうが！　お前ら女子がうるさいから」

なんで？

「なに？　どういうことー？」

「神木くん、若尾くんが警察にチクったんだーって騒いでたじゃない。あれ嘘なんだよ。ただの見回りに見つかっただけ」

「まあそうだろうとは思ったけど」

「一緒に今までのことも謝りなさいよ。本当にチクられてたって、うちらには文句も言えないんだよ。みんなで謝らないと」

「うっせえな。今はその話は関係ねえだろ」

「だいたい、なんで若尾に絡むんだよ、神木」

静かな夜に、クラスメイトの大きな声が響く。

どういうこと？　頭にいくつものクエスチョンマークが浮かぶ。

とりあえず、みんなの飲酒がばれたのは若尾くんのせいではなかったようだ。でも、若尾くんはそうしたっぽいことを言ってなかったっけ。

「あいつが！　なんでもおれのいうこと聞くから……！」

「なにそれー。若尾くんのせいじゃないでしょ、それ」

「気を遣ってなんでも言うこと聞くほうがおかしいだろ！　むかつくんだよ。友だちに気を遣われてうれしいわけねえだろ！」

くそ！　と最後に叫んで、神木がうずくまるのが見えた。怒りなのか、それとも羞恥《しゅうち》心《しん》からなのか、それとも——後悔《こうかい》なのか。

「なん、で？　なに、それ」

若尾くんの戸惑いを含んだ声に、「神木は、べつに若尾を嫌っていたわけじゃないんだよ」と、落合くんが知っていたかのように言った。

「若尾、昔から神木の頼みなんでも聞いてやってただろ。神木は怒ってほしかったんだよ。友だちだから、言いたいこと言ってほしくて、エスカレートしてたんだと、思う」

「ガキか、あいつは」

大北くんが思わず呆《あき》れて舌打ちをした。わたしもそう思う。

「そんな、の、いまさら、言われても……僕……だって、僕、本当は……」

警察に話をしたのは本当のようだ。おそらく、それを聞く前に、べつの警官が見回りに出かけていて、クラスメイトの飲酒に気づいたのだろう。

「黙っとけばいいんじゃない？　べつに若尾くんが原因で補導《ほどう》されたわけじゃなかったんだし、どんな理由があったって、許せないでしょ？」

怜ちゃんが、強い口調で、だけどやさしく言う。

「そうだよ、いいじゃんべつに。ちょっとは懲《こ》らしめてやればいいって」

「どんな理由であれ、事実はなくなんねーしな」

口々にそう言うと、若尾は涙目で「知りたく、なかったな、こんなの」と声を震わせた。

「どーしていいのか、わかんん、ないよ」

そして、しゃがみ込んで、顔を隠すように俯《うつむ》く。

自分のしてしまったこと、自分の今まで思っていたこと、そして事実。突然つきつけられた内容を、うまく消化できないらしい。

「怜ちゃんのお父さんもすごい必死で捜してたよね。涙声だったし……」

「大北もいないんだろ？　大北が原因とか？」

「なんかに巻き込まれたとか？」

「あいつら一緒にいるの？　青谷とか平岡がよく行く場所とか知らねえの？」

「とりあえずこんなところで固まってても仕方なくない？　もうひと回りしてくる」

「あ、おれも」

ひとりふたりと再びわたしたちを捜すために散っていった。屋上にいるとは思っていないようで胸をなで下ろし、腰をおろした。

空を仰《あお》ぐと、星々が光を放っている。今まで見たこともないほどの星の数だ。けれど、目に見えない星々も、この中に無数に存在している。

この世には、見えないものも多い。

そう思うと、今まで見ていたわたしの世界が、ぐんっと広がっていくのがわかる。

「……オレ、帰るわ」

最初に腰をあげたのは落合くんだった。ぐいっと背を伸ばし、「みんなに電話もしておくから」とすっきりした声で言う。

「明日、学校で。望もちゃんと来いよ」

委員長らしい口ぶりに、思わずくすりと笑ってしまった。

お節介《せっかい》で、心配性で、クラスのみんなが集まるのをなによりも喜ぶ、そんな暑苦しい落合くんは、これからもかわらないいんだろう。

だけどもう、ひとりぼっちじゃない。みんなとちゃんとつながっている。つなげたのは、他の誰でもなく落合くん自身だ。

じゃーな、と明るい声で屋上から出ていった落合くんを見送ってから、怜ちゃんが「私も、家に帰ることにするね」としゃんと背筋を伸ばして立ち上がった。

「本当はずっと、いやだったんだって気づいちゃったから、だから、今までと同じようには過ごせないなって逃げ出したけど、これから、怒られても自分の気持ちを伝えようと思う」

ケンカ、という単語に大北くんが「いいじゃん」と応援する。

「わかってくれるかは微妙だけどね。私が反発したくらいで父が急に価値観かえるとも思えないし。でも、心配してくれてるのは本当だって、わかったから」

誰かが、怜ちゃんのお父さんが涙目で怜ちゃんを捜していたと言っていた。

「それに、いざとなれば今日みたいに私は家を飛び出すこともできるんだって思うと、なんでもできるような気がする。大人になったら、もっとできるようになるんだなって」

自分のことはなにもできない、と言っていた怜ちゃんが、自信満々に笑った。

今までで一番、怜ちゃんをかっこいいと思った。

「学校帰りに遊べるように交渉するから、そのときはまた、出かけてくれる？」

「もちろん」

即答すると、怜ちゃんははにかんでから歩きだした。

新しい関係を築くために、怜ちゃんは真正面から向き合うのだろう。誤魔化《ごまか》すこともなく、刃向かうだけでもなく。怜ちゃんなら、きっとできる。でも、それでも弱ってしまうことがあったなら、そのときはそばにいてあげたい。

「僕も、お母さんが心配してるから、行くよ」

若尾くんが真っ赤な目で、わたしたちに微笑《ほほえ》んだ。

「帰って、話して、明日も、学校に来るよ」

「うん、明日、学校で会おうね」

若尾くんはまだ、学校なんてどうでもいいって思ってるのかな。そうじゃないといいな。若尾くんとのつながりを求める人がいるってことを知ってくれたらいいなと、無責任かもしれないけれど、思う。

「俺らも行くか」

ふたりきりになった屋上で、大北くんは言った。

膝に手をついて「うん」と立ち上がる。母がどれだけ怒っているのかと想像すると気が重すぎて体が鉛《なまり》のようだ。でも、いつまでもこうしているわけにもいかない。

ドアに向かって足を踏み出すと、大北くんがまだ手すりにもたれかかっているのに気づいて立ち止まった。

「大北くん？」

「俺らは、いつになったら、すべてを受け止められるんだろうな」

わたしの呼びかけに、大北くんはゆっくりと体を起こして地面を見つめる。

「俺も、ななと一緒で怖くなったんだよ」

大北くんの声は震えていた。

「村木が俺のせいにしたのは、実は、俺のことが嫌いだったんじゃねえかって」

その声を聞いていると、泣きたくなってくる。

「ずっと親友だと思ってた。そう思ってたのは俺だけだったのか、ずっと訊いてみたかった。本当は俺のことどう思ってたんだって」

さっき、わたしは大北くんに慰められた。話を聞いてもらった。

ひとりだったら、あんなに泣けなかった。あんなにすべてを吐き出すことができなかった。もし、大北くんにもわたしと同じような、知らず知らずにたまっていた、処理の仕方のわからない想いがあるなら、受け止めたい。

強く握られた大北くんの拳に、そっと手を伸ばす。力の入ったその手を握ると、ためらいがちに拳を緩《ゆる》めてやさしく、かすかに震えながら握りかえしてくれた。

「村木に、会いにいこうと思ったんだよ。俺もなななのことバカにできねえなって」

引っ越し先の住所は、落合くんに教えてもらったらしい。今日、わたしの用事のあとに行きたい場所があると言っていたのは、彼のところだったのか。

「許せねえけど、どうしてんのかなって思ってた。楽しく過ごしてたらいいなって」

視界が滲《にじ》む。だって、大北くんが、泣いているから。

つらそうに話をするから、もういいよ、って言いたくなる。だけど、それはきっとわたしが逃げてるだけだ。大北くんの顔を今度はわたしが両手で包む。

「だけど、いざ見にいける、たしかめられると思うと、無理だった」

大北くんの手がわたしにのびてきて、髪の毛に触れる。おでこをくっつけて、涙をぽたぽたと地面に落とした。それが、わたしのものなのか大北くんのものなのかはわからない。

「なにを見ても聞いても、たぶんムカつく。前に進める気がしねえ」

真実なんて知りたくない。真実はまだ、いらない。

「まだ、受け入れらんねえよ」

進まないとだめだと思った。けれど、無理やり進もうとしたら、余計に足がすくむときもある。行動しようとした、それだけでもいいんじゃないかな。その積み重ねがいつか、向き合う強さを育ててくれるはずだと信じて。

額から、彼の体温を感じる。涙で滲む視界に、大北くんの濡れた双眼が見えた。

数センチの距離にいる大北くんに、心臓が心地よいリズムを奏でる。つながっていた手が、さっきよりもかたく握りしめられた。


空は、目に見える範囲にあるものがすべてだった。

触れることのできるものだけで、すべては成り立っていた。

見えないものや触れられないものは、存在していないのと同じだった。

そんなふうに思っていたわけじゃないけれど、そんなふうにしか過ごせなかった。


「ねえ」

大北くんに声をかけると、「ん」と空気を吐き出すような返事をされた。

「この関係に、絆《きずな》はあるのかな」

目に見えなくても存在する星々のように。みんなに、なにかがあったように。

わたしの手にも、彼の手にも、なにかがあるはずだと、そう信じたい。

不意に、大北くんが目を細めて笑う。彼のまだ赤い瞳がやさしい弧を描く。

この五日間で、大北くんのいろんな表情をたくさん見た。

胸が高鳴るのは、なんでだろう。苦しいくらいに胸が脈打つのは、どうしてだろう。

理由を見つけたい。だけど、見つけてしまうのは、まだ少し怖い。

「なな」

「なに？」

「帰るか」

わたしの質問には答えず、大北くんはわたしの手を取って歩きだした。

校舎を出て、自転車のことを思いだす。自転車がないと不便なので取りに行かないと。

「明日から、日常に戻るな」

「……うん、そうだね」

明日はみんなにいろいろ聞かれるだろう。今まで接点のなかった五人が同時に行方《ゆくえ》不明になって大騒ぎになったのだ。

「なな」

今度はなんだろうと、返事をせずに視線だけを向ける。

「村木に会いたかったのもほんとだけど」

「うん？」

「半分は、ななとつき合ってたっていう男を見てやろうって思ってたんだよ」

いつものようなにやりとした笑いではない、あたたかな笑みに心臓が鷲掴《わしづか》みされたみたいに苦しくなった。どどど、と心臓が信じられない音を鳴らす。

そ、それって。それってどういうこと。

「元カレじゃなくてよかった。まだ浮気したバカ男が好きなのかと思った」

「え、え？　な、そん、な、え？」

それってもしかして、そういう意味？

金魚みたいに口がパクパクする。けれど、言葉が出てこない。顔が熱いのが自分でもわかって、頭から湯気でも出てるんじゃないかと思った。

「でも、明日からは、話しかけねえから安心しろ」

「——え？」

「俺はまだ、女にだらしない問題児だからな。ななを、巻き込む気はねえよ」

なんで急に、そんな話になるのか。

そんなのいまさらで、わかっていたことだ。なのに。

呆然《ぼうぜん》としていると、いつの間にか家の近くになっていて、大北くんは「じゃあな」とわたしの手を離し、背中をぽんっと押した。

「ななと、話せてよかったよ。ななと話さなかったら今もなんもかわらないままだったと思う。ま、状況はなんもかわってねえけど」

「それは、私もだよ」

「明日、遅刻すんなよ」

さっき言われた言葉は気のせいだったのだろうか、と思えるほど明るい大北くんに、頭がこんがらがる。冗談だったのかもしれない。けれど。

「じゃあな、青谷」

大北くんは、最後にわたしを〝なな〟とは呼ばなかった。

「……ずるい」

最後にこんな思わせぶりの爆弾を置いていかないでほしい。

なんで、そんなことするのよ。


「今日は、どこに行ってたの」

家に帰ると、母は仁王立《におうだ》ちでわたしを出迎えた。もごもごと言い訳をするわたしにため息をついてから、リビングで紅茶を淹《い》れてくれた。

ダイニングテーブルの向かいにいる母の様子を窺《うかが》う。もっとがつんと怒られるかと思ったけれど、母は黙ったままだ。それが余計に怖い。

「……お父さんに会ってきたんでしょ」

どうやら、父から母に連絡が入っていたらしい。

「話したの?」

「……いや、とくには……いろいろ訊こうかなと思ったけど、やめた」

「……そう」

さびしそうな母の顔に胸が痛む。ごめんなさい、と口にしそうになったところで、「訊きたい？」と母がわたしに尋ねた。

訊きたかったことのすべてを今、母に言えば。

父のかわりに、母はきっとすべて、教えてくれるだろう。

けれど。

「まだいい」

ふるふると首を横に振った。

今は、父を悪者にして、ふたりで暮らしていきたい。

おそらく、父には父の想いがある。言い訳や理由もあるかもしれない。でも、わたしがまだいろんなことを消化しきれていないから。だから、まだ、聞かなくていい。

わたしは今日、その答えを見つけた。

この決断を後悔《こうかい》する日が来たとしても、今のわたしはそれを選ぶ。

「でも、いつか、訊くかもしれない。そのときは、教えてほしい」

そう言うと、母は安堵《あんど》したように頷《うなず》いて「わかった」と言ってくれた。

6　無数で無限の明日

月曜日、今日からまた、一週間がはじまる。

昨晩、母親の車で自転車を取りにいけたので、今日も気持ちいい風を浴びながら自転車で登校できた。空を見上げると、きれいな水色に真っ白の雲がぷかぷかと浮かんでいる。

「あ、おはよう奈苗《ななえ》」

「おはよ」

背後からチリンと鈴が鳴って、華《はな》がわたしの隣に並んだ。夜中の二時頃まで電話をしていたので、ふたりして寝不足の顔をしている。

並んで学校に向かっている途中で、幾人かのクラスメイトとすれ違う。今まで当たり前の光景だったのに、今日はいつもより賑《にぎ》やかで、楽しい気がする。

ひとりじゃない通学路は、あっという間に終わって学校が見えてきた。

駐輪場に自転車を停めて校舎に向かう途中、にゅっと三人の先輩が現れた。

またこの人たちか。いったいいつまで追いかけてくるのだろう。

「お前、ちょっと話がある」

「な、なん、ですか」

びくりと体を震わせて身構える。やっぱり千恵《ちえ》ちゃんと大北《おおきた》くんの話はかみ合わなかったのだろうか。あのときケンカを止めたので、逆恨みでもされているのだろうか。

どうにかして逃げられないだろうか、と考えていると、三人の背後から人影と手が出てきた。

「センパイ、こいつは関係ないから」

「お、大北くん」

「ほら、俺がちゃんと話してやるから」

大北くんは、その手を先輩の首に回し、肩を抱くようにしながらずるずると有無を言わさず引きずって歩きだした。乱暴者の問題児にしか見えない風格だ。

大北くんは、わたしの目を一度も見なかった。

「あれが昨日電話で言ってた先輩たち？」

「うん、そう」

「あれ見たら完全に大北がなんかしたんだろうなあって感じだけど」

まあ、そう見えるのも仕方ない。はは、と苦笑して「でも」と小さくなっていく先輩と大北くんを見つめた。

「わたしは、大北くんを信じるよ」

「……そっか」

華はそれ以上なにも言わなかった。

昨日の電話でも、わたしが大北くんに感じたことを素直に伝えたとき、華は途中から無言だったのを思いだす。

わたしよりも、華たちのほうが大北くんと一緒にいた時間が長い。だからきっと、いろいろ思うことがあるのだろう。今は、まだ。今までの時間があるからこそ。


教室にはすでにクラスメイトの半分が登校していた。

若尾《わかお》くんは今日も座って本を読んでいて、神木《かみき》くんがそれをちらちらと見ていた。表情はどこか不満げで、神木くんが素直になるのはまだ難しそうだ。もちろん、素直になったところで、今までのことが許されるわけではない。

落合《おちあい》くんはみんなの輪の中でケラケラと笑っていた。その輪の中の数人がちょっと失笑している。でも、これが落合くんだと、そう思っているに違いない。

怜《れい》ちゃんは控えめにいつもの友だちと話をしていた。泣いたのか、寝不足なのか、目が少し、赤い。けれど、心なし笑顔が柔らかくなったような印象を受けた。

いつもよりも、いろんなものが見える。いろんなことに気づける。

そして、いつもとちょっと違うことにも、気づける。

「おはよ、若尾くん」

「あ、おはよ、う。青谷《あおたに》さん」

挨拶《あいさつ》すると、若尾くんはびっくりした顔をしてから、やさしい笑みを向けてくれた。

「おはよう、奈苗ちゃん」

「おはよう、怜ちゃん」

わたしからしか声をかけたことがなかった怜ちゃんが、わたしに声をかけてくれる。

「おはよ、落合くん」

「おーっす、青谷」

そして、わたしはもう彼を〝委員長〟とは呼ばない。

しばらくして予鈴《よれい》のチャイムが鳴ると同時に、大北くんが教室にやってきた。

いつものように誰とも言葉を交わさず、落合くんの挨拶も無視して自分の席に向かう。

けれど、ちらりと若尾くん、落合くん、怜ちゃんに視線を向けた。最後にわたしにも。

けれど、けっしてしゃべらない。一瞬ぶつかった視線も、すぐにそらされる。

今までと同じ。でも、少しだけ違う今日。

昨日、大北くんに言われたことを考えていた。わたしを巻き込まないと、そう言って、〝なな〟ではなく〝青谷〟と呼んだ大北くんのことを。

転入してきて、わたしはここでずっと一緒にいられる友だちができると思った。離れなければもう大丈夫だと。そのためにも、まわりに合わせた。

でも、わたしはもう、大北くんと出会ってしまった。

わたしはまだ、大北くんのことを知らない。だから、もっと知りたい。

だから、これからも、教えてよ。

「──お、おはよう、望《のぞむ》!」

そう想いを込めて大北くんの──望の背中に向けて叫んだ。振り返った大北くんは、豆《まめ》鉄砲《でっぽう》を食らった鳩みたいな顔をしていた。

ざまあみろ、と心の中で呟《つぶや》く。

大北くんは、わたしと目を合わせて困ったように笑ってから、

「よう、なな」

と、そう言ってくれた。

たった五日間だった。

はじめはいやで仕方なかったのに、気がつけば五人での時間が大切なものになっていた。ずっと切っても切れない関係がほしかった。それが距離によって左右されるのならば、そばにいなければいけないと思っていた。

積み重なる時間がなくちゃ信じられなかった。

人との絆《きずな》は目に見えないから。だから、見えるものを絆だと信じるしかなかった。

わたしの世界は、まだまだ小さい。

だって、一気に全部は受け止められない。広げたくても広げられない。

——だから、ほんの少しずつ、広げていくのかもしれない。

ずっと、ひとりぼっちだった。誰かがそばにいても、誰もいなくてもひとりぼっちだった。それは、わたしがなにも、見ようとしていなかったからだ。自分でなにも摑《つか》もうとしていなかったからだ。

だけど、この五日間で欠片《かけら》くらいは見つけたはず。

空はひとつしかないけど、ずっと遠くまで広がっている。それは、ぐるっと地球を一周して、わたしたちの頭上でつながっている。

みんなとつながることで、少し、広く空を見られるようになった。

屋上からの空を知った。

電車から見る空も知った。

夜空を見上げることも、自転車で駆け抜ける空も。

昨日の空が、ここにあるのだから、昨日のわたしも、今日の〝ここ〟にいたい。

「バカだな、やっぱり」

「うっさいなー。大北くんだって〝なな〟って呼んだじゃない」

一時間目が終わったあと、大北くんとふたり屋上にやってきた。ふたりして空を見上げながら、ケタケタと笑う。

「俺なんかと噂《うわさ》になってもしらねーよ。友だちいなくなるんじゃねーの？」

「大北くんと噂になったことくらいで離れるような友だちじゃないよ、大北くんのクラスメイトのみんなは、さ。それに離れたらまたもう一度友だちになればいいし。離れて蜘蛛《くも》の糸みたいに細くて脆《もろ》い関係になったって」

胸を張って答えると、大北くんは、「すげーな、なな」と笑ってくれた。

昨日、昔の友だちがメッセージをくれた。ＳＮＳにあげたわたしの写真を見て、『こっち来てたの？』『なんで連絡してこないのよ』『奈苗が帰ってくるならすぐに集合するのに』『冷たいなあ奈苗は！』とみんなから言われた。

　距離ができたら切れる脆い関係なんだと思っていた。そう思うことで、わたしは逃げていた。自分を守るために、そう言い聞かせて諦めていた。

　わたしが誰よりも友だちを信じていなかった。わたしから連絡すればよかったのに。

　同じじゃなくなった。けれど、なくなるわけじゃない。

　そう思うと、なにがあったって、大丈夫なんじゃないかと思えた。

「そういえば、朝の先輩たちは大丈夫だったの？」

「あー、謝られた」

　意外な台詞《せりふ》に「え？」と思わず大きな声をだしてしまう。

「千恵ちゃんにちゃんと確認したんだと。昨日もそのために追いかけたらしい」

　どうやら今朝わたしに話しかけてきたのは、謝るつもりだったらしい。

　そっか。そうだったんだ。うれしくて頬《ほお》が緩《ゆる》む。

「ねえ、大北くん」

「なに」

「みんなと仲良くしなくてもいいけど、距離を作らなくてもいいんじゃないかな」

わたしの発言に、大北くんは意味がわからないといった表情を作った。

「もしかしたら、大北くんがみんなを避けているから話せないクラスメイトもいるかもしれないよ。もし大北くんと話したいと思っている子がいたら、もったいないなって」

わたしがそうだったように。

わからないから信じないのは、ただの決めつけだ。

「わたしみたいに、大北くんと話して、大北くんのことを好きになる子も、いると思う」

そう言うと、大北くんはしばらくわたしの顔をじっと見つめてきた。

「……なに？　告白？」

「──え？　あ、いや！　そうじゃなくって！」

自分が〝好き〟という言葉を使っていたことに気づいて顔が赤くなる。っていうかそんなところ拾わないでほしい！　話の流れってあるじゃないか。

「ていうか！　そんなこと言うなら昨日の大北くんだって！　その、わ、わたしの」

「なんだよ。はっきり言えよ」

「な……なんでもない！」

ずるい！　なんでこんなに余裕なのよ！　おかしい！

ケラケラと笑う大北くんは、完全にわたしをからかって楽しんでいた。そして、はあっ

と息をついてから、

「……気が向いたら、な」

　諦めたような顔をして、言った。

「ななが、これからも俺のこと〝望〟って呼ぶなら考えてもいいけど」

「なにそれ」

「さっき教室で呼んだだろ」

　わたしの頬が紅潮した、と思う。大北くんが笑ったから、そうなんだろう。

「ねえ、大北くん」

「今度はなんだよ」

「時間とか距離とか関係なく、人とつながれるなら、この関係に絆はあるのかな？」

　手すりにもたれかかって、昼間では見えない星を見ようと顎《あご》を突き上げる。

「さあ？」

　大北くんがぐいっと背を伸ばす。

　二時間目の授業がもうすぐはじまる。風が、わたしたちの背中を押すように吹いた。

「絆とかよくわかんねえけど、ななが言うように、一緒にいたら。たとえ距離ができても一緒にいようと思いながら毎日を過ごしてたら、十年後とか、わかるかもな」

それって、大北くんはそんな気持ちでわたしと一緒にいてくれるってことかな。

それはさすがに都合のいいように解釈しすぎかな。

ああ、でも、なんか。あったかくてうれしくて、ちょっと恥ずかしいこの気持ち。

「絆、感じたかも」

「……バーカ」

積み重なった無限の空の下で、いつか。

今はまだ目に見えないなにかを、確信できたらいいよね。

今じゃなくてもいいから。

だって、空も、世界も、まだまだ広がっていく。無限に積み重なっていく。


目に映る、小さな世界で。

目に見えない、絆を探した。


明日のわたしたちが、空に見えたような気がした。

あとがき

オレンジ文庫でははじめまして。櫻《さくら》いいよと申します。

このたびは『アオハルの空と、ひとりぼっちの私たち』を手にしていただき、ありがとうございました。

このお話は、数年前にネットで公開した、とあるお話に加筆修正を加えたものになります。この度《たび》ご縁があり、こうして本という形にしていただけました。

好きにしたらいい。好き勝手、ではなく、好きなようにすればいい。

振り返ると、私はいつもそんなことを物語の中の彼らに伝えている気がします。このお話の五人や、クラスメイト、大人たちにも。

できないならしなくていいし、したくないなら逃げればいいし、やりたいならやればいい。聞きたくないなら耳をふさげばいいし、見たくないなら目を閉じればいい。今できなくても、いつかできればいい。やらなきゃいけないこと、やったほうがいいことができないからといって、それが間違いだと決まっているわけじゃない。

そんなふうに日々のダメージを減らしていると、どうしても逃げられないとき、戦わなきゃいけないときに、傷だらけでも立ち向かえたりするんじゃないかな、と。

作中の彼らが、そして、今そこにいるみなさまが、ひとりひとり、他人とは違う自分だけの道を、作ったり見つけたり、ときに立ち止まったり振り返ったりよそ見をしたりして――自分の意志ではどうしようもない、苦しい状況のときもきっとありますが――できるだけ軽い足取りで進むことができますように。

私も、そうありたいと思います。

最後に、眩《まばゆ》い五人の一瞬を切り取って描いてくださった飴村《あめむら》さま、爽《さわ》やかなデザインにしてくださったデザイナーさま、このお話のためにたくさんのことを考えてくださった担当さまをはじめ、関わってくださった全ての方、そして、この本を手にしてくださったあなたさまに、心からの感謝を。

今、頭上にある空が、明日もそこにありますように。

２０２１年８月　櫻いいよ

※この作品はフィクションです。実在の人物・団体・事件などにはいっさい関係ありません。

集英社オレンジ文庫をお買い上げいただき、ありがとうございます。
ご意見・ご感想をお待ちしております。

● あて先
〒101-8050　東京都千代田区一ツ橋2-5-10
集英社オレンジ文庫編集部 気付
櫻いいよ先生

集英社オレンジ文庫

アオハルの空と、ひとりぼっちの私たち

2021年8月25日　第1刷発行

著　者　櫻いいよ
発行者　北畠輝幸
発行所　株式会社集英社
〒101-8050東京都千代田区一ツ橋2-5-10
電話【編集部】03-3230-6352
【読者係】03-3230-6080
【販売部】03-3230-6393（書店専用）
印刷所　凸版印刷株式会社

ISBN 978-4-08-680401-1 C0193